神様の果物

江戸菓子舗照月堂

篠 綾子

時代小説文庫

角川春樹事務所

目次

主な登場人物

瀬尾なつめ 京の武家に生まれる。七歳のとき火事で父母を亡くし、兄・慶一郎とは生き別れ。以降、大休庵の主・了然尼に引き取られ、江戸で暮らす。菓子職人を志し、駒込の菓子舗「照月堂」で修業していたが、母代わりの了然尼が病に倒れたのを機に照月堂を辞し、側に仕えている。

照月堂久兵衛 菓子舗「照月堂」の主。若いうちに京で修業。父・市兵衛、女房のおまさ、子の郁太郎、亀次郎と暮らす。幕府歌学方北村季吟にその腕を認められている。

市兵衛 「照月堂」の元主。現在は隠居。梅花心易という占いを嗜む好々爺。

辰五郎 「照月堂」の元職人。独立し、本郷に「辰巳屋」を開くが、一旦店を閉め、現在は上野の大店「氷川屋」で親方を務める。

氷川屋勘右衛門 上野にある菓子の大店「氷川屋」の主人で、かつて照月堂を敵対視していた。勘右衛門の娘・しのぶはなつめの唯一の友だったが、氷川屋の職人のなかでも有望株だった菊蔵を婿に迎えてから、なつめとは疎遠となっている。

柚木長門 宮中の菓子作りを担う主果餅の職を代々受け継ぐ柚木家の嫡男。菓子作りの天賦の才を持つが、家と職の存続のため、父が金のある九平治を当主として養子に迎えたことで、複雑な立場にある。九平治は、久兵衛が京で修業していたときの同僚で、現在は菓子司「果林堂」の主人。

安吉 「照月堂」で働いていたが、その後久兵衛の紹介で京の「果林堂」で修業中。気難しい長門と相性がよく、敬愛している。

了然尼 黄檗宗の尼僧。かつて宮中で東福門院徳川和子に仕えていた。なつめの母の親族で、なつめを引き取って以来、側で成長を見守ってきた。下落合村に新たな寺を建立中。

神様の果物

江戸菓子舗照月堂

第一話　千歳飴

一

夕方の涼しい秋風が頬《ほお》を撫《な》ぜていく。近くに立つ棗《なつめ》の木の葉がさわさわと音を立てる。

だが、なつめは何も感じられず、その耳は何も聞き取っていなかった。

（兄上――）

意識のすべてが目の前の兄に吸い寄せられていく。

最後に姿を見てから、すでに十年以上になるというのに、兄だということはすぐに分かった。なつめが七つ、兄が十七歳の時以来だから、今、兄は二十八歳になるはずだ。

若々しく潑溂《はつらつ》とした面影はもはやなく、顔つきからは年齢以上の沈淪《ちんりん》がうかがえる。それでも、生真面目《きまじめ》な性情や、こうと決めたら動かぬ頑《かたく》なところなどが、言葉を交わす前から伝わってきて、ああこの人は私の兄に間違いないと、なつめはしみじみ思った。

といって、懐かしいとか会えてよかったとは思えない。会いたいと思っていたのは確かなのに、何を言えばいいのかも分からなかった。

「……なつめはん」

初めは了然尼《りょうねんに》の呼びかける声さえまったく耳に入らなかった。自分が呼ばれていると気づいたのは、何度目だったのだろう。

「あ、はい」

慌てて振り返ると、了然尼の表情が気遣《きづか》わしげに揺れた。

「大事のうおすか」

了然尼はなつめをじっと見つめ、静かに尋ねた。その言葉が耳から伝わり、しっかりと心に届く。

私は大丈夫だと、なつめは思った。静かに呼吸を整え、

「大事ございません」

と、落ち着いて答える。了然尼はそっとうなずくと、それから改めて、突然の来客へと目を向けた。

「慶一郎《けいいちろう》殿――とお呼びしてよろしおすか」

「はい、了然尼さま」

慶一郎は目を伏せて答えた。

「急なことで、なつめはんもわたくしも驚いております。せやけど、慶一郎殿のご事情に

思いが至らぬわけやおへん。昔のことも含めて」

了然尼の言葉を、慶一郎はじっと聞いていた。息を詰めたように不動を保つ姿からは、いかなる責めも誹《そし》りも甘んじて受けようという覚悟のほどがうかがえる。

「長《なが》のお話もありますやろ。庫裏《くり》の部屋をお使いになったらいかがどすか」

了然尼はそう言って、なつめに目を向けた。

慶一郎は何を言われても従うといった態度を崩さない。

「はい。そうさせていただければありがたいです」

なつめが答えると、ようやく慶一郎が顔を上げた。

なつめは目を伏せ、了然尼に続いて庫裏へ向けて歩き出した。慶一郎がその後に続いたのは、少ししてからであった。

慶一郎のみを客間に通した後、なつめは了然尼から促され、いったんその場を離れた。

慶一郎に声が届かぬ場所まで行くと、了然尼は足を止め、

「わたくしも同席した方がええどすか」

と、なつめに問うた。

「慶一郎はんにもわたくしにも気をつかわんでええさかい、思うままをお言いやす」

了然尼の温かい言葉を聞いているうち、なつめの緊張もようやくほどけていった。なつめは少し考えた末、

「兄と二人で、大事ないと存じます」

と、答えた。

了然尼がいてくれた方が心強いが、そうなれば、兄も本音で話しにくいかもしれない。どんな内容であれ、ありのままの事実と兄の本音が聞きたかった。

「なつめはん」

気がつくと、なつめの右手は了然尼の両手にそっと包まれていた。

――何があっても、わたくしはなつめはんの味方どす。

手の温もりから了然尼の思いが伝わってきて、なつめは安心した。

ややあって、了然尼の手がそっと離れた。なつめはそこから一人、慶一郎のいる部屋へ引き返した。

慶一郎は下座に背筋を伸ばし、端座していた。その脇にそろえて置かれた二刀が物々しく見える。京で暮らしていた当時、見慣れたものであったはずだが、了然尼と暮らす日々では目にすることがなかった。

今の自分が、武家の娘である自覚から遠ざかっていたことを、なつめは改めて思った。

「兄上、奥へどうぞ」

なつめは上座を勧めたが、「それはできぬ」と慶一郎は言う。なつめは黙って慶一郎の前に座った。

「まずは、急の来訪を謝りたい。二年前、日本橋《にほんばし》にそなたは来なかった。あの折、私に会わぬと決めたそなたの気持ちは受け止めたつもりであった。されど、このまま時を重ねて、一生生き別れになってしまったらと……」

「お待ちください、兄上」

兄の言葉が少し途切れた折、なつめは口を開いた。

「二年前、確かに私はお約束の時刻に参りませんでしたが、向かってはいたのです。ただ、迷いゆえに歩みが遅れ、お約束に間に合いませんでした」

息を切らして到着した時にはもう、約束を一刻（二時間）近くも過ぎていた。さすがに兄は待っていまいと思ったが、なつめは懸命にその姿を探した。そして、兄はいないと悟った時、ほっとしつつも、自らの迷いを悔やむ気持ちも湧いたのだった。

「そうであったか」

慶一郎は嚙《か》み締めるように言い、頭を下げた。

「すまぬことをした。私からの勝手な申し出であり、何刻でも待つべきであったものを」

慶一郎は頭を起こした後も、うつむいたまま語り続けた。

二年前、なつめに会えなかった慶一郎はその足で東海道を上り、駿河《するが》へ帰ったという。その後は、陰ながらなつめの様子を見守ろうと決め、一年に一度、江戸へ下ることにした。去年の秋もそのようにし、今年の秋もまた――。

「こちらの住まいは、そなたが世話になっていた駒込《こまごめ》の照月堂《しょうげつどう》の店前《たなさき》で聞いた。今は京の菓子屋で修業しているという若者で、安吉《やすきち》さんと名乗っていた」

「そうでしたか。安吉さんから……。お店にもお入りになったのですか」

「いや、それは遠慮した。そなたや富吉《とみきち》に迷惑がかかってはならぬと思い……」

その言葉に、慶一郎が富吉の父条次郎《くめじろう》の知り合いであったことを、なつめは思い出した。同時に、あることに思い至り、はっと息を呑んだ。

慶一郎が照月堂を訪ねる前に、かつてなつめが暮らしていた大休庵《だいきゅうあん》を訪ねていたとしたら――。そこには、慶信尼《けいしんに》――他ならぬ慶一郎の想い人が尼となって暮らしているのである。だが、慶一郎の話は何ごともなく続けられた。二人の邂逅《かいこう》があったとは見えぬ様子にひとまず胸を撫で下ろし、なつめは兄の話に耳を傾けた。

「今年も、そなたの前に姿を見せるつもりはなかった。去年のように息災でいることを確かめ、黙って去ろうと思っていたのだ。だが、そなたが居を移したと知った時、ふと恐ろしくなった。二度とそなたに会えず、謝る機会を永久《とこしえ》に失うことになりはしまいか、と」

慶一郎は両手を膝から離すと、その場で畳に手をつき、深々と頭を下げた。

「申し訳ないことをした、なつめ。頭を下げて済ませられることでないのは重々承知。親の仇《かたき》と言われても、私は何も言えぬ。だが、その覚悟で今日はそなたに会いに参った」

親の仇――慶一郎の口から漏れたその言葉が、なつめの心に黒い染みを落とす。それは事情を理解できぬまま徐々に広がり、心を黒く塗りつぶそうとする。

――なつめはん。

その時、なつめは了然尼の声を聞いたように思った。先ほど了然尼が握ってくれた右手の指先を、左手で包み込むようにする。両手とも冷え切っていたが、そうしているうちに指先に温もりが戻ってくるような心地がした。

なつめは目を閉じると、一つ深呼吸をし、それからゆっくり目を開けた。

「顔をお上げください、兄上」

自分でも落ち着いた声であることを確かめ、ほっとしつつ、言葉を継ぐ。

「私はまず、あの晩の火事についてお聞かせいただきたく存じます。私自身はよく覚えておりませぬゆえ」

「……分かった」

慶一郎は体を起こすと、背筋をぴんと伸ばして居住まいを正した。

「私が知ることはすべて話そう」

覚悟を決めた声で、慶一郎は言った。

二

あの火事の直前、私は父上から厳しく叱責された。原因となったのは、私がある武家の奥方とただならぬ仲であると、恥知らずな噂《うわさ》を立てられたことだ。その方の名と嫁ぎ先の家名は伏せるが、それ以外はあったことを余さず語る所存だ。

私はその奥方と歌の師匠のもとで出会った。

私が江戸遊学を終え、京へ帰って間もない頃のことだ。江戸で過ごした一年の間、戸田《とだ》露寒軒《ろかんけん》先生のご指導を受けていた私は、歌の面白みに目覚めたばかりであった。帰京してからも歌道を学び続けたいと考え、師匠を求めたのだ。

私より早く師匠のもとへ弟子入りしていた奥方は、歌の才に秀でた方でいらっしゃった。その才のほどを伝えるのは難しいが……。

古今伝授《こきんでんじゅ》を知っているか。戦国の世において、細川幽斎《ほそかわゆうさい》殿ただ一人に伝えられていたというあの古今伝授だ。関ヶ原の合戦の直前、籠城した幽斎殿が敵に攻められ、今にも落城という危機に見舞われた折、古今伝授が絶えてしまうのを憂えた帝《みかど》が開城するよう勅使《ちょくし》を遣《つか》わされたという。

この逸話だけで、古今伝授がいかに格式ある重々しいものか、伝わるだろう。非才の私など縁の遠いもので、中身については知りようもないが、『古今和歌集』の秘奥を伝えるものらしい。

この古今伝授の相承者《そうしょうしゃ》に、件《くだん》の奥方が弟子たちの中から特に選ばれたそうな、という話がやがて私の耳に入ってきた。

これがいかに名誉なことかは、歌を少しでも学んだ者ならば分かる。あの戸田先生でさえ、受け継いではおられないのだ。もっとも、戸田先生はもったいぶった古今伝授のあり方に疑義を呈しておられたようだが……。

それはともかく、この時以来、大勢のお弟子の中の一人でしかなかった奥方が、私にとって特別なお方となった。奥方は母上とも親しく、それまでもお顔は存じ上げていたし、懐かしい心地のする慕わしいお方と思ってはいた。だが、師匠のもとに集《つど》う人々の中で、特に傑出した才を持つ奥方に、私は敬いと憧れの気持ちを抱くようになったのだ。

その時の心持ちが恋と呼ぶべきものであったとは思わぬ。夫のあるお方だということは、お会いした時からわきまえていた。

ただ、この古今伝授の一件が、あの奥ゆかしい方の命運を変えることになった。古今伝授の相承者に選ばれたことで、奥方は他のお弟子たちの妬《ねた》みを買ったのだ。

誰が言い始めたことかは分からぬ。が、奥方は夫のある身で不義を働いているという、不道徳な噂を立てられた。

根も葉もない噂だ。心ある人は誰も信じていなかったろう。ただし、奥方がたいそう美しいお方であったため、憶測が憶測を生み、興味本位で噂は広まっていった。

このことにより、奥方が古今伝授の相承を辞退すればいいと願う者もいたかもしれない。奥方を目障りに思い、奥方さえいなければ自分こそが選ばれるはず、と思い上がっていた人も少なくなかったろう。

とにかく、そうした人々の悪意によって、噂は驚くほど早く広まっていった。一人一人の悪意など些細《ささい》なものだ。だが、それが一人の人を目掛けて集まった時、思いもかけぬ鋭い刃となることがある。

そういう人の世の、どうしようもない悲しみや痛みを、私はこの時、初めて知った。

私は激しく憤った。奥方を妬む人々に対して。根も葉もない噂を立てて、他人を陥れようとする人の心の醜さに対して。他人の不仕合せをあえて望む世間の冷酷さに対して。

そういう世の中の理不尽に耐える術《すべ》を心得ていたなら、あるいはせめてもう少し世慣れていたなら、もっと賢く立ち回れたのだろう。

だが、私は愚かで、あまりに若かった。まず面と向かって、奥方に事の真偽を確かめた。奥方は天に誓って不義など働いていないとおっしゃり、私はさもあろうと哀れに思った。そして、奥方に申し出たのだ。私が卑劣な噂を流す人々を正し、あなたの清らかな真実を明らかにしてみせる、と。師匠に対しても事の次第を明かした上で、卑劣なことをした者を見つけ出し、処分をしていただこう、と。

今ならば、それが奥方を余計に追いつめる悪手だと分かるが、当時は分からなかった。本気でそれこそが奥方を救う道だと信じていた。そんな私の気持ちを、未熟さも含めて理解してくださったのだろう、奥方は私に心からの感謝を述べた上で、気持ちだけで十分だからどうか何もしてくださるな、とおっしゃった。自分はもう古今伝授を相承する気持ちはない、師匠のもとを去り、歌の道を離れるつもりである、とも。

「もしわたくしが誰の目から見てもふさわしい力量の持ち主であれば、人は納得したと思うのです。そうならなかったのは、やはりわたくしの力不足によるもの。それが分かっていながら、わたくしは我が身大事の気持ちを捨てがたく、早々に辞退を申し出ませんでした。この度のことは、そんなわたくしへ天が下した罰なのでしょう」

奥方はその罰を甘んじて受けるとおっしゃった。この先、自分が師匠のもとに残れば、門下の人々の中に刺々《とげとげ》しい気持ちが残るだろう、しかし、自分が去れば事は丸く収まるはずだ、と。

奥方のおっしゃることは分からぬでもなかったが、奥方お一人が犠牲となることに、私はどうしても納得がいかなかった。そんな私に、奥方は一首の歌で言葉を返された。

世の中を憂《う》しと恥《やさ》しと思へども　飛び立ちかねつ鳥にしあらねば

これは『万葉集』にある山上憶良《やまのうえのおくら》の歌だ。世の中をつらくて耐えがたいと思っても、飛び立つことはできない、鳥ではないのだから——そう歌っている。

悲しみや理不尽を胸に抱きつつ、なお地を這《は》って生きていく、それが大人というものだろう。私にそういうものの見方を教えてくれたのが奥方だった。

当時の私は、理不尽には立ち向かうべきだと信じており、奥方の諭しによって、その考えがすぐに改められたわけではない。

だが、私は奥方を「かなしきお方」だと思った。古《いにしえ》より「かなし」とは、「悲しい」という意味と「愛しい」という意味を兼ね備えている。その時の私の気持ちがまさにそれだった。私は奥方を「悲しいお方」と思い、どうしようもなく「愛しいお方」と思ったのだ。それ以外に言いようはなく、両者の気持ちの境目はなかった。

奥方を想うと、目頭が熱くなった。

何と奥ゆかしくけなげなお方か。そうしたあの方の性情をこの上もなく尊敬する一方で、ゆえに世間の理不尽の餌食になるあの方を、命懸けでお守りしようと誓った。

この頃の私の想いは、すでに恋と呼ぶものだったろう。

だが、あの方をご夫君から奪いたいと考えたことは一度もない。そして、あの方と私の間に不義の事実などはない。このことは亡き父上と母上の御霊《みたま》にかけて、嘘偽《うそいつわ》りのない言葉である。

私はただ、あの方が歌の才を思う存分振るえるよう、空へ飛び立たせて差し上げたいと願っていただけだ。奥方は何もしてくれるなとおっしゃったのだから、私はそれを忠実に守るべきであったと思う。しかし、それもまた、当時の私にはできなかった。

奥方が私を諭すのに用いられた『万葉集』を読み返し、そして、一首の歌に出合った。その歌を読んだ瞬間、心が震えた。私の思いの丈をそのまま言葉にした歌だと思った。これ以上に、私の心を正しくあるがままに表してくれる言《こと》の葉《は》はないと思った。


かくばかり恋《こ》ひむとかねて知らませば　妹《いも》をば見ずそあるべくありける

——いっそ、あなたに出会わずにいればよかったかもしれない。これほどまでにあなたが恋しくなると知っていたなら。

中臣宅守《なかとみのやかもり》という罪人が流刑の地から恋しい乙女に贈った歌だ。恋してはならぬ人に恋をした己を、古の罪人になぞらえる気持ちもあった。

私はこの歌をしたためた文《ふみ》を、奥方にお渡しした。

無視されることも十分に考えられたし、それでよいと思ってもいた。だが、奥方は歌を返してくださった。


天地《あめつち》の底《そこ》ひの裏に我《わ》がごとく　君に恋《こ》ふらむ人はさねあらじ

──天の果てだろうと地の底だろうと、わたくしのように、あなたを想っている人はおりませんよ。

これも、『万葉集』の古歌だ。私がしたためた歌の詠《よ》み手である中臣宅守の妻、狭野茅上娘子《さののちがみのをとめ》の歌を使っておられた。

この歌が奥方の本心に沿ったものだったのか、それとも言葉の上だけのやり取りと思うべきだったのか、それは今も分からない。

ただ、私自身はこう考えている。奥方はおそらく、私の真心に対し、感謝の気持ちを返されたのだろう、と。よからぬ噂を立てられた時も、一言も他人を責めなかった優しいお方である。この時も、私の心を打ち捨てておくことはおできにならなかったのだ。

いずれにしても、我々の文のやり取りが周りの人に知られてしまった。これが、例の怪《け》しからぬ噂をさらに煽《あお》ることになった。

もともと根も葉もない噂であり、奥方の不義の相手について、人が勝手に憶測をめぐらせることはあっても、そこまでの話であった。だが、この時から、それは私ということになってしまった。

それは違うと言って回れぬことが歯がゆかった。当事者となってしまった以上、何を言っても言い訳にしか聞いてもらえぬことは、当時の私にもさすがに分かったからだ。

奥方はそれ以前から師匠のもとを去る覚悟だったのだが、相手が私という噂が出るとすぐ、歌の道を退いてしまわれた。

私自身は世間の蔑《さげす》みの目にさらされながらも、師匠の家へ通い続けていた。それをやめれば、己の不義を認めることになってしまう、ここを去らぬことが奥方の名誉をも守ることになるのだと、若輩なりの覚悟を持って。

そうしたある晩のことだ。私が父上から呼び出されたのは――。

父上から糺《ただ》されたのは、ただ一つ。件《くだん》の奥方と不義を働いたのかどうか。

その問いを投げかけられた時、私は頭に血が上ってしまった。私自身も気づかぬうちに、心の余裕をなくしていたのだと思う。奥方のご様子を知ることは叶《かな》わず、世間からは冷たい目で見られ、誰からも信じてもらえず、言い訳もできぬ。

私は言いたかった。私たちの想いは清らかなものだ、不義など働くものか、醜い憶測で我々を汚さないでくれ、と。

そして、あの晩、父上に向かって申し上げたのだ。世間の人には言えなかったその言葉を――。

甘えであった。世間の人には分かってもらえずとも、父上には分かっていただきたいという――。

父上はほんの一瞬、哀れむような目を私に向けられた。そして、その後、怒りのこもった声でおっしゃった。

「我が子がここまでの愚か者であったと、今まで気づけなかったとは……」

「私は確かに非才ではございますが、この度のことで愚か者呼ばわりされるのは心外でございます。人に想いを懸けることそれ自体に何の咎《とが》がありましょうか」

「この不届き者めが！」

父上は声を荒らげて私をお叱りになった。激しい応酬の後、

「まだ分からぬのか。奥方は婚家の方々のお怒りを買い、離縁されかけておるのだぞ」

父上から教えられて初めて、私は奥方の苦境を知った。情けない話だが、この時まで私は奥方の家でそうした騒動が起こっていることなど考えもしていなかったのだ。やましいことはないのだから咎められる謂《いわ》れはない、というのが私の言い分だったわけだが、文のやり取りをしていたというだけで、どういう事態が起こり得るのかということまでは理解できていなかった。

不義の事実はないといくら訴えたところで、ないものの証《あかし》は立てられない。

奥方はご夫君をはじめ、皆から責められながらも、一人で耐えておられるのだろう。申し訳ないと思った。あの方はきっと何一つ言い訳などなさらないはずだ。

私がお守りして差し上げたい――私の中でその思いが再び燃え上がった。あの方のご夫君があの方を捨てるのなら、私がもらい受けよう。廃嫡《はいちゃく》、義絶の覚悟はすでにできている。武士の身分も跡継ぎの座もいらぬ。ただ、あの方がそばにいてくださりさえすれば――。

私がその旨を申し上げると、父上は激怒なさった。

「そなたのせいで、あちらのご夫妻の人生を狂わせておきながら、我が想いだけはなおも通そうというつもりか」

父上のおっしゃる通りだったと思う。だが、当時の私は決して退かなかった。

ややもすれば、互いに刀を抜きかねぬところであったが、母上やなつめ、そなたが間に入ってくれたのだったな。そなたの勧めで、母上が〈最中《もなか》の月《つき》〉を持ってきてくださった時のことははっきりと覚えている。

だが、それも父上のお怒りを和らげることにはならなかった。

結局、父上と私の間に折り合いはつかなかった。父上は最後には、頭を下げぬ私に失望なさり、疲れ果てたお声でおっしゃったのだ。

「他人《ひと》さまの家と生涯を壊した償いは命をもってせよ」

このご命令自体にはさほど驚かなかった。あちらのお家で離縁の話が出たと聞いた時から、私自身、切腹という決着を考えていたからだ。

おそらく、父上は腹を切らせる前に、せめても私から自省の言葉をお聞きになりたかったのだろう。だが、私が頑なであり続けたことで、大いに失望なさったものと考えられる。

続けて、こうおっしゃった。

「父と母もすぐに逝《ゆ》くゆえ、安心するがいい」と。

この言葉には驚愕《きょうがく》した。私が命を絶つのは致し方ない。それによって、ご主君である二条《にじょう》さまや京都所司代からのお沙汰《さた》が下り、瀬尾家の立場が危うくなることは十分にあり得た。だが、そのお沙汰を待たずして、父上と母上が命を絶ち、瀬尾《せのお》家を断絶するお覚悟でいらっしゃったとは――。

私が己のしたことの罪の深さを、本当の意味で悟ったのはこの時のことだ。私は激しく動揺し、父上にお考えを改めていただきたいと迫った。

しかし、父上のお心を動かすことはもはやできなかった。そして、私もまた、断じて父上と母上を死なせるわけにはいかぬと焦るあまり、さらに父上を煽るようなことを口にしてしまった。

「父上と母上がお命を絶たぬとおっしゃってくださるまで、私も腹は切りませぬ」と。

父上はもはや何もおっしゃらず、おもむろに立ち上がった。そして、刀掛けから脇差《わきざし》をお取りになった。

「己の腹一つ切れぬとは情けない。よかろう。ならば、我が手で送ってやる」

父上は脇差を鞘《さや》から抜かれた。

私は慌てて立ち上がった。その目の前へ、抜き放たれた脇差の白刃が迫ってきた。父上をここまで追い詰め申し上げた罪を思えば、ただ静かに刃を受けるべきであったと思う。だが、私はその刃に抗《あらが》おうとした。そして、揉《も》み合った際、その刃は父上の体に突き刺さってしまった。

気づいた時には、私は父上の脇差を手にしていた。

一撃でお亡くなりになったわけではなく、もだえ苦しんでおられたが、その間、大きなお声はまったく上げず耐えておられた。

母上が部屋へ入ってこられたのは、この時のことだ。

わずかの間は放心しておられたが、母上はすぐに父上のおそばに駆け寄られた。お言葉を掛け合ってはおられなかったと思う。おそらく目と目を見交わしただけで、父上の望んでおられることをお分かりになったのだろう。母上は父上の体に刺さった脇差を抜き取るや、それを心の臓目掛けて再び突き下ろされた。

ややあって、父上は動かなくなられた。

母上はいつしか父上の手を握り、しばらくの間、そうしておられた。私はただ茫然《ぼうぜん》と立ち尽くすのみで、何もできなかった。

我に返った時、母上は私の方へ体を向け、正座していらっしゃった。顔にもお着物にも返り血を浴びながら、毅然《きぜん》と端座する母上は凛《りん》として見えた。

「慶一郎」

母上から静かな声で名を呼ばれ、私はその前に正座した。

「父上のご名誉を守らねばなりませぬ」

母上のお言葉に、私はただ「はい」とうなずいていた。

息子を手にかけようとして抵抗された挙句、死にきれず、妻の手を借りてようやく逝ったなどというご最期は不名誉の極みだ。

「父上の亡骸《なきがら》は、誰の目にも触れさせぬようにしたいと思います」

と、母上はおっしゃった。そのためには火事が起きたことにして、死に際のありさまが分からぬように亡骸を焼いてしまうのがよい。といって、火付けは大きな罪。罪のない人を巻き込んでしまう恐れもある。何より、なつめの命だけは守らなければならない。

そこで、母上は細かな指示を私に下された。

まずは、なつめを使用人たちの長屋へ移し、一晩泊めてもらうこととする。これは、一家の大事な話をしているから、などと理由をつければ怪しまれないだろう。その上で、亡骸のある部屋に火を放ち、すぐに使用人たちを呼ぶ。駆けつけた者たちで屋敷を外側から打ち壊しているうちに、火消しの者たちも駆けつけるだろう。幸いなことに、その晩は風もなかった。火は瀬尾家の塀を越えて隣家へ移ることはないと考えられた。

「すべてのことを終えた後、そなたは京を出てお行きなさい。己のしたことをひたすら考え、できる償いの道を探さねばなりませぬ」

母上からはそう言われたが、私は言葉を返した。

「いいえ、母上。父上がこうなられたのはすべて私の未熟さゆえ。命をもって詫《わ》びねばならぬ方々もおられます。なればこそ、私はここで父上と共に——」

「なりませぬ」

母上は静かにおっしゃった。

「命をもって詫びねばならぬと思うなら、死ぬ気で償いなさい。そして、なつめが受ける痛みに思いを致してごらんなさい。そなたは父上に代わって、あの子が無事に成長するのを見届けねばなりません」

毅然《きぜん》としておっしゃる母上に、もはや逆らいようはなかった。

母上に言われた通りのことを果たし、最後に火付けの用意を調《ととの》えて、部屋へ戻った時、母上はすでにこと切れておられた。懐剣で首の筋を断ち切られたのだ。

父上を手にかけられた時から、母上はすでに後を追うお覚悟だったのだと、ようやく私は気づかされた。なつめのことを口になさった時に、せめて気づいておれば——。母上は父上の亡骸とご自身の着物に油をかけておられた。お二人の亡骸が、必ず焼け朽ちるようにとのご配慮であったと思う。

「母上……。父上ー」

お二人に呼びかけながら、私はこの世から消えてしまいたいと思った。

それでも私は、母上の最期のお言葉に操られるかのごとく火を放ち、大声を上げた。火事に気づいた使用人たちが打ち壊しに取り掛かったのを見届けると、その場を離れた。すぐに去ることはできず、しばらくの間は町中《まちなか》に潜み、火が収まるのだけは見届けた。

父上、母上、申し訳ありませぬ。なつめよ、そなたからふた親も家も奪ってしまった。すまぬ。

燃える屋敷の方へ両手を合わせつつ、ひたすら謝罪の言葉を唱えることしか、私にはできなかった……。

三

母上からは、なつめを見守りながら生きて償う道を探せと言われていたが、武士として生き恥をさらすことは耐えがたかった。そんな私が償いと言われてすぐに思い浮かぶのは、やはり自ら死ぬことだけであった。

父上から叱責された時、すぐに罪を認め、腹を切っていれば、あのような事態にはならなかっただろう。父上も自ら命をもって償おうとは思わなかったかもしれないし、少なくとも母上が命を絶つまでには至らなかったはずだ。さすれば、そなたが孤独の身の上になることもなかった。

京を出た時、私の頭にあるのは、独善の上に過ちを重ねた己の愚かさを悔やむ気持ちだけであった。のしかかってくる罪業の重みは、母上の遺命さえ押しつぶしてしまう。

やはり死んで詫びるしかない、と私は思い詰めた。これ以上の恥を重ねて、父母の名誉を汚してはならない。どこの誰とも分からぬまま、ひっそりと死んでいける場所がどこかにないものか。

死に場所を求めて、ただ歩き続けた。

私は東海道をひたすら下っていた。どうして東へ向かったのか、その理由も特にはない。ただ、私が知る道といえば、京と江戸を結ぶ東海道しかなかったというだけのことだ。

何を口に入れ、どうやって命をつないでいたのか、よく覚えていないが、私はどうにか駿河までたどり着いていた。そして、そこで力尽きた。意識が途絶える寸前に浮かんでいたのは、これでようやく死ねるという、どこか安堵《あんど》にも似たものであったと思う。

だが、その願いに反して、私は死ねなかった。

道に倒れていた私を見つけてくれたのは、老いた医者の有賀某《ありがなにがし》という先生であった。

有賀先生が私を自宅へ連れ帰り、介抱してくださったのだ。目覚めた時、先生は涙を流して喜んでくださった。

私は口も利けぬほど衰弱し、まともに物も考えられず記憶も飛んでいたのだが、快復を喜んでくださる先生の手の温もりと熱い涙は今も忘れられない。

どうして助かってしまったのだろう。私は死ぬべきであったのに……。

自分の犯した罪を思い出すにつけ、悔やむ気持ちに苛《さいな》まれた。だが、同時に、生きて償いの道を探せ、なつめの成長を見届けよとおっしゃった母上が、私を生き長らえさせたのではないかとも思った。

やがて、私は有賀先生の医術によって、次第に健やかになっていった。この時、先生の隣家に暮らしていたのが、薬売りの粂次郎さんだ。

粂次郎さんは有賀先生の手伝いのようなこともし、先生のご指導のもと、薬を作っては行商に出ていくこともあった。

粂次郎さんは当時はまだ独り者だったが、先生と一緒になって、私の快復をたいそう喜んでくれた。この二人は私の命の恩人だ。

やがて、体に力が戻るにつれ、心の落ち着きも取り戻していった私は、自らの生い立ちなども有賀先生に打ち明けるようになった。京を出ることになった理由もすべてお話しした。今のように相手の方の家名やお名前は伏せたが、想ってはならぬ方に想いを寄せ、身勝手な正義を為《な》そうとしたことも、それによってその方の人生を狂わせたことも、自らの身内を不幸にしたことも。

「お父上は清廉な武士であり、お母上は賢明な慈母でいらっしゃったのですね」

有賀先生はただそうおっしゃってくださった。

そのお言葉のお蔭《かげ》で、私はこれ以上私に罪を重ねさせまいとした父上の、そして私を生かそうとしてくださった母上の、思いを感じることができた。

「あなたにはこの世で為すべきことがあるのでしょう」

だから、あなたは生き延びたのだと、有賀先生はおっしゃった。一緒にそれを探しましょうとも、おっしゃってくださった。

先生のお志のありがたさは、この上もなく身に沁《し》みた。父上と母上が、道を見失って流《さす》離《ら》う私のため、有賀先生に引き合わせてくださったのだろうと思うことができた。

私は有賀先生を父上、母上と思ってお仕えしようと思った。そして、有賀先生のお宅に住まいつつ、お仕事の手伝いをするようになった。

医の道を志そうと考え始めたのは、自然な流れであった。医術は人の体を、命を助ける仕事だ。私のために命を落とした父上と母上――お二人のご冥福のため、私にできることとしてこれ以上ふさわしい仕事はないと思った。何より、医術によって救われた人々の、安らかな笑顔を見ると、心が洗われたようになる。私の犯した重い罪がそれで拭われるわけではないが、とにかく善行を積んでいこうと、私は考え、懸命に医術を学んだ。

やがて、有賀先生がお亡くなりになり、私はそのまま先生の患者さんたちを引き継いで、医者としての仕事をこなしていた。そのうち、粂次郎さんが妻をおもらいになり、富吉も生まれた。残念ながら粂次郎さんのご妻女は間もなくお亡くなりになられ、粂次郎さんは富吉を連れて行商へ出るようになった。

粂次郎さんに、戸田露寒軒先生のお宅を教えたのは私だ。駿河のご出身である戸田先生ならば、粂次郎さんとも話が合うだろうと思ったのだ。そして、何より、戸田先生はそなたの消息を知っているかもしれぬという淡い期待もあった。幼いそなたは誰かに引き取られたろうと思ったが、あんなことのあった家の娘だ。引き取られた先でつらい目に遭ってはいまいかと、時が経《た》つにつれ不安も募っていた。

　そこで、粂次郎さんには過去の事情を打ち明け、妹のことで何か分かったら知らせてほしいと頼んでおいた。そのうち、粂次郎さんは仲間内の薬売りから了然尼さまの話を聞き、大休庵に私の妹と年格好の近い娘が身を寄せていると知ったそうだ。了然尼さまと親交のある戸田先生に探りを入れ、そなたに間違いないと分かった上で私に教えてくれた。

　そなたが無事でいること、了然尼さまの庇護《ひご》のもと、ともかくも安らかな暮らしを送っていることを知り、不覚にも粂次郎さんの前で涙を見せてしまった。亡き父上、母上、そして了然尼さまに心から感謝したものだ。

　やがて、粂次郎さんはそなたが修業している駒込の照月堂に出入りし、そなたの消息を聞かせてくれるようになった。本当にあの人のご親切には頭が下がるばかりである。

　粂次郎さんの死後、富吉を引き取ることも考えの内にあった。だが、本人が照月堂へ行きたいと言い、亡くなる直前の粂次郎さんも富吉の願いを叶えてやりたいと言っておられた。それゆえ、まずはあちらの意向を聞こうと江戸へ連れていき、その折に戸田先生にもご挨拶《あいさつ》した。

　その時のことは、そなたも知る通りであろう。

　慶一郎はそこまで語って、いったん口を閉ざした。

　二年前の秋のことはなつめの記憶に新しい。あの時、慶一郎は露寒軒を通して、日本橋で待つという言《こと》づてをなつめに届けた。なつめは日本橋へ向かうも躊躇《ちゅうちょ》ゆえに歩が進まず、到着した時は約束の時刻をだいぶ過ぎてしまっていた。

「正直なことを言えば、あの時、そなたが現れなかったことに半ば安堵する気持ちもあったのだ」

と、慶一郎は打ち明けた。

「そなたのことを案じる一方で、私自身もまだ、そなたの前に出ていく勇気が足りなかった。ゆえに、さらに待つことをせず、あの場を去ってしまった」

すまない、なつめ——と続けて、慶一郎は再び頭を下げた。

「本来ならば、いつまでも待たねばならぬところであった。まことに情けない……」

「顔をお上げください、兄上」

なつめは再び言った。

「父上と母上がどうして命を落とされたのか、そのご最期がいかなるものであったのか、ずっと心にかかっておりました。兄上が姿を消された後、兄上が父上と母上を手にかけたと言う親戚もおり、その言葉が頭から消えず、私も苦しゅうございました。ですが、今の兄上のお話を聞いて事情は分かりました。つらいお話ではございましたが、記憶に残る父上、母上らしいとも思った次第です」

慶一郎はうつむいたままじっと動かない。

「兄上は何度も頭を下げてくださいますが、私はこうして無事に生きてこられました。あの事件の後、了然尼さまが私を引き取ってくださり、支え導いてくださいましたので」

「……そうであったな」

慶一郎はようやく顔を上げた。

「あの火事から目覚めた後、了然尼さまをなぜか母上とお呼びしてしまったのですが、そんな私に了然尼さまは『母上と思うてくれてええ』と言ってくださいました。今では本当に母上と思って、生涯お仕えしようと思っております」

なつめの言葉に、慶一郎は無言でうなずいた。

そういえば、兄は有賀先生と呼ぶ人を、亡き父母と思ってお仕えしようと言っていた。だが、その有賀先生もすでに亡くなったという。慶一郎の事情を知っていた粂次郎も亡くなり、一度は手もとに引き取ろうと考えた富吉も照月堂に預けてしまった。

ならば、慶一郎は今、朝夕を一人きりで送っているのだろうか。ふとなつめは兄の今の暮らしぶりに思いを馳《は》せた。

しかし、それを尋ねることはできなかった。答えを聞いたところで、返せる言葉があるわけではない。

（慶信尼さま……）

なつめはふと、兄の想い人であった女人に思いを馳せた。

兄はその名を伏せていたが、実はなつめが本人を知っており、兄との事情も少し聞いていたことを知れば、たいそう驚くだろう。だが、それも今は口にできない。

（兄上は慶信尼さまのことを、懐かしく慕わしい心地のする方だとおっしゃっていた）

それは、なつめ自身が慶信尼に初めて会った時に感じたのとほぼ同じ気持ちであった。そのことが当たり前のようでもあり、不思議なようでもある。

慶信尼と兄との間にあった深い事情については、そんなことがあったのかと驚き、心が大きく揺さぶられもした。が、その後の兄の人生をも聞いた今、心を占めているのは怒りでもなければ、二人への哀れみでもなく、そこはかとない悲しみばかりである。

なつめが沈黙している間、慶一郎も口を閉ざしていた。決して居心地が悪いわけではないが、静かな無言の時が流れていく。

兄から聞きたいと思っていた話をすべて聞き、今の自分は大丈夫だと伝えた後は、特に何を話せばいいのか分からなかった。決して兄を疎《うと》ましく思うわけでもなければ、この再会をありがたいと思わぬわけでもない。

きっと亡き両親が引き合わせてくれたのだろう。だが、再会を喜び合い、手を取り合って涙するというわけには――心のどこかにそれを望む気持ちがないわけでもないのだが、今はまだそういうわけにはいかなかった。

「今日は、ありがたき日となった」

やがて、慶一郎が静かに告げた。

「そなたの無事な姿を間近に見ることが叶《かな》い、父上と母上の思いをも聞いてもらえた。願わくば、またそなたの顔を見る機会があればと思いはするが、今は言うまい」

と言い、慶一郎は懐から細長い紙の袋を取り出した。それを、なつめの膝の前に置く。

「浅草《あさくさ》で買い求めたものだ。もしそなたに会うことが叶えば渡したいと思い、江戸へ出てくる度に買っていた」

これまではそのまま駿河へ持ち帰っていたそうだが、今年は渡すことができてよかったと、慶一郎はほのかに微笑する。兄の笑顔を初めて見たこの時、なつめの顔もほころんだ。

「これは、何でございますか」

畳の上に置かれた細長い紙袋を取り上げ、なつめは尋ねた。ようやく体の強張《こわば》りが和らいで、自然にしゃべることができる。

「〈千歳飴《せんざいあめ》〉というそうだ」

答える慶一郎の声も、それまでよりずっと穏やかだった。

袋には鶴と亀の絵柄が摺《す》られていた。

「せんざいあめ……」

「これを舐《な》めると、長生きできるのだそうな」

「だから、千歳というのですね」

なつめはうなずき、袋を開けてみた。中には細長い飴が二本、紅色のものと白色のものが入っている。縁起物として作られた菓子であった。

「そなたにだけは、何が何でも長生きしてほしいと願ってな」

なつめは飴から目を離し、慶一郎を見つめた。

「兄上も……長生きをしてください」

なつめが静かに言うと、慶一郎は少し目を見開いた。

「昔、皆で食べた最中の月を、父上と母上のお墓にお供えしたいと思っております。よろしければ、兄上もご一緒に――」

慶一郎の顔に、はっと驚いたような色が浮かんだ。

「……かたじけなく思う」

やがて、慶一郎は少しくぐもった声で言った。

「この先の日々を生きていく張り合いを得られた」

慶一郎の両目がわずかに潤んでいる。その顔に両親の懐かしい顔がふと重なって見えた。


慶一郎が去った後、なつめは再び棗の木の前に立った。

(父上、母上。兄上に引き合わせてくださり、ありがたく存じます。父上と母上が兄上を通して、私を見守り続けてくださったことも知りました)

そして、何より知りたいと願ってきた真実を、兄の口から聞くことができた。それを聞くことへの覚悟はできていたつもりだが、それでも悲しくつらい気持ちが込み上げるのは避けられなかった。父も母も哀れであったが、兄も哀れな人であった。

この十年余りの間、兄がどれほどの苦しみを携えて生きてきたのかは十分に伝わってきた。兄に対して、もっと心が安らぐような言葉をかけることができたのではないか。去っていく兄の背を見送った時、ふとそう思った。

（でも、次にお会いする時には、きっと）

一緒に墓参りをしたいというなつめの言葉に、生きていく張り合いを得られたと、兄は言った。その日は必ず来ると信じていたい。

（これは、兄上がくださった飴でございます）

なつめは袂《たもと》に入れていた千歳飴の袋を、棗の木の前で取り出した。白い棒飴を一口大に割って、そっと口に入れてみた。長寿を願うという飴は、まろやかで優しい味がした。

四

慶一郎が訪ねてきた翌日、なつめは心を覆っていた薄皮が一枚剝《は》がれたようなさわやかな心地で朝を迎えた。亡き両親がこれまでよりも身近に感じられ、心が満たされていく。

そして、この日、長門《ながと》をはじめ果林堂《かりんどう》の面々が庫裏へ引き移ってきた。

長門の使う部屋が一室、安吉、与一《よいち》、政太《せいた》ら職人たちの使う部屋が一室、調えられている。ひとまず皆が部屋へ通され、荷物の整理なども終わった後、長門たちは了然尼への挨拶を済ませ、なつめもそこに同席した。

了然尼が先に部屋を出ていった後、なつめはさっそく安吉に目を向けると、

「〈新六菓仙《しんろつかせん》〉のこと、何か分かりましたか」

と、待ちかねたように尋ねた。

途端に、安吉ばかりでなく長門や与一、政太らの表情も引き締まる。〈新六菓仙〉とはとある菓子屋が作り出し、武家衆の屋敷に納めている評判の菓子なのだが、どこの菓子屋の品か分からなかった。

もともと照月堂の主人久兵衛《きゅうべえ》が〈六菓仙〉という菓子を考案し、それを歌人の北村季吟《きたむらきぎん》に気に入ってもらえたという経緯《いきさつ》がある。〈新六菓仙〉という名前からして、明らかに照月堂の〈六菓仙〉にぶつけてきたと思われ、照月堂の人々は無論のこと、なつめや安吉も気を揉んでいた。

安吉は以前、新六菓仙について調べてみると言っていたのだが、

「ああ、ようく分かったよ、なつめさん」

と答え、長門らと目を見交わした。続けて「長門さまがくわしい事情を探り出してくださったんだ」となつめに目を戻して言う。

「まあ、長門さまが……。それは、ありがとう存じます」

なつめが頭を下げると、

「礼には及びまへん」

と、長門は淡々と述べた。

「最初に耳にした時から、いけすかん話やと思うてましたさかいな」

「……さようでございますか」

長門のあけすけな物言いに、少し面食らいながら、なつめは応じた。

「すべては、照月堂の菓子を贔屓《ひいき》にしておられる北村季吟先生のお茶席で明らかになった次第どす。それをお話しいたしまひょ」

と、前置きし、長門はそこで耳にした話をすべて語り聞かせてくれた。

その茶席で、客人の一人が新六菓仙の話題を持ち出し、それが〈湖月《こげつ》〉〈拾穂《しゅうすい》〉などという六つの菓子の総称だと判明した。一つ一つの菓銘は、北村季吟の著作からつけられたものだったという。要するに季吟に媚《こ》びたのであり、季吟もそのことには気づいていた。

季吟はそれらの菓子を食したらしいが、口ぶりからすれば、照月堂の味わいとは比べ物にならなかったようだ。はっきりとした物言いではなかったが、客人たちもうすうす察していたようだから、黙っていても新六菓仙の評判は落ちるだろう。

その茶席では、肝心の菓子屋の名は明かされなかったが、そちらは安吉が調べていた。

「政太さんと俺は氷川屋《ひかわや》へ行ってきたんだ。店へ探りを入れてくれたのは政太さんなんだけど、待っている間にたまたま菊蔵《きくぞう》と出くわしてね。話を聞いて分かったんだよ」

長門の後を受け、安吉が説明する。思いがけず飛び出した菊蔵の名に、なつめは少なからず動揺したが、表に出すことはどうにかこらえた。

「新六菓仙を作っていたのは、日本橋の一鶴堂《いっかくどう》だった。氷川屋にいた重蔵《じゅうぞう》親方が引き抜かれたのも一鶴堂だそうだ。驚いたことに、菊蔵の実家は浅草の菓子屋でね、そこの職人を引き抜いて菊蔵の実家をつぶしたのも一鶴堂だったというんだ」

「まあ、菊蔵さんのご実家の話も出たのですか」

「ああ、あいつから打ち明けてくれて……」

安吉がその時のことを語るのを、驚きながらなつめは聞いた。菊蔵の過去によくない形で関わった一鶴堂が、照月堂にもちょっかいを出してきたのは嫌な話だが、

「今の話はすべて、照月堂の旦那はんにもお知らせしてあります」

と、最後に長門が付け加えるのを聞き、なつめはひとまず安心した。

「それなら、新六菓仙のことでは、もう心配いりませんね」

「その通りだよ、なつめさん」

安吉が力のこもった声で応じた。

「そもそも、照月堂の旦那さんは初めから、番頭さんや文太夫《ぶんだゆう》さんほど心配していないみたいだった。番頭さんたちもやれやれというご様子だったし、もう大丈夫だ」

安吉は笑顔で言う。つられて笑顔になったなつめに、

「ところで、なつめお嬢はん」

と、長門が声をかけてきた。

「何でございましょう」

「一つ、お嬢はんにお訊《き》きしたいことがあるんやけど」

「はい。何でもお尋ねください」

居住まいを正してなつめは言った。

「この安吉の考えなしが原因で、照月堂と氷川屋が競い合いをすることになった時のことどす」

「はい」

なつめはちらと安吉に目を向けてからうなずいた。安吉はきまり悪そうにほんの少し下を向く。

「ま、大方のことは安吉から聞きました。けど、安吉は競い合いについてはくわしく知らんようどす。聞けば、なつめお嬢はんは照月堂の旦那はんのお手伝いをして、競い合いの菓子作りにも関わったのやとか」

「はい。ただ、当時は弟子とも認められていませんでしたから、ほんの雑用しかしておりませんが……」

「訊きたいのは菓子作りのことやのうて、競い合いがどないなふうに行われたかということどす。誰が立ち会い、どこで行われ、どないして勝ち負けを決めたのか、知る限りのことを教えてもらえまへんやろか」

「もちろんかまいません」

なつめはうなずき、当時のことを思い返しながら語り始めた。

競い合いは戸田露寒軒の提案で始められ、露寒軒が立ち会ったこと。場所は氷川屋の一室で行われ、菓子作りも氷川屋の厨房《ちゅうぼう》を使ったこと。菓子の品目は露寒軒の案により「重陽《ちょうよう》の節句にふさわしい菓子」となった。判定人は三名。照月堂と氷川屋、それに露寒軒が一人ずつ推挙し、食べ比べた上でおいしいと思う方を選んでもらう、と取り決めた。勝った側は負けた側に要求を一つ出すことができることになっており、

「結果は二対一で氷川屋の〈菊花《きっか》の宴《うたげ》〉が勝ちを収めました。そこで氷川屋からは……」

なつめがさらに語り継ごうとすると、「そこまででけっこうどす」と長門から遮《さえぎ》られてしまった。

「要するに、その競い合いでは、茶人でも菓子職人でもない人が判定をしたわけどすな」

「そうですね。氷川屋が推挙したお武家の方が、お茶をよくする方だったかどうかは存じませんが……」

と、なつめは答えた。

「なら、その競い合いは菓子の味を見極めることより、両店《りょうだな》のいがみ合いを収めるための方便やったのやな。そないな競い合いの結果に、意味はおへん」

長門の物言いに、なつめは呆気《あっけ》に取られた。しかし、考えてみれば、長門の言ったことは核心をついている。長門の傍らでは、安吉が気がかりそうな表情を浮かべていた。

どうして長門はかつての競い合いについて知りたがるのだろう。〈菊のきせ綿〉と〈菊花の宴〉を食べ比べ、競い合いの判定に疑問を持ったというのなら、話は分かる。その場合、菓子の味わいや作り方などを気にしそうなものだが、そちらには関心がないと言う。

なつめがそんなことを思いめぐらしていたら、

「あのう、長門さま」

と、安吉が遠慮がちに口を開いた。

「どうして、競い合いのことをお知りになりたいんですか」

「菓子屋同士の競い合いなんぞ、あては見たことも聞いたこともなかったさかいな。どないなもんか知りたかったのや」

長門はあっさりと答えた。

「はあ、確かに滅多にあるもんじゃないでしょうからねえ」

と、安吉が納得したように応じている。

「さすがはお武家はんの治める土地どすなあ。何事も勝ち負けをはっきりさせなあかん、ということどすやろか」

それまで黙っていた与一が感じ入ったというふうに呟《つぶや》く。その声色《こわいろ》には江戸を見下した響きがあった。

「そうどすなあ。あいまいさを楽しむゆとりがあらへんのやなあ」

と、政太が続けて言った。その声にもかすかな嫌みがこもっている。

「いや、江戸が公方《くぼう》さまのおられる土地だってことは関わりないと思いますよ。そもそも、お武家さまは関わっておられないんですし……。あ、いや、戸田さまはお武家さまでしたっけ」

自分で言い出しながら袋小路にはまった安吉は、目を白黒させている。そんな安吉を、与一と政太があきれ返った目で見つめていた。

「ま、あんたは江戸育ちやさかいな。分からんのも無理はない」

長門が結論付けた。その言葉には逆らいようもないという様子で、安吉はしょげている。

（私は京育ちの側に入れられているのかしら）

安吉を庇《かば》ってやりたい気持ちになるが、何を言えばよいのか分からず、なつめは口をつぐんでいるしかない。すると、

「せやけど、たまには白黒つけるのも悪うはない」

長門が太々《ふてぶて》しい笑みを湛《たた》えながら呟いてから、

「まあ、見といておくれやす」

と、なつめに目を向けて告げた。

なつめは自信たっぷりな長門の顔を見つめ返しながら、返す言葉を持たなかった。

五

上落合村《かみおちあい》に了然尼が新しく作る寺の名は、泰雲寺《たいうんじ》という。本堂が完成していないので、その名を使うのはまだ早いのだが、安吉はしっかりと頭に刻んだ。

というのも、これから長門の使者として方々へ出向いた際、今の宿泊場所が名もなき寺では通りが悪いからだ。了然尼に尋ねると、すでに泰雲寺という名は一部の人に知られており、告げても差し支えないというので、安吉はありがたく使わせてもらうことにした。

こちらへ引き移ってくる前に、長門が訪ねておくべき相手への挨拶は大方済ませてきたのだが、移ってきた翌日、早くも長門は安吉を使いに出した。

「これを北村季吟先生のお屋敷に、そんで、こっちを一鶴堂へ届けて来《き》」

二通の書状が差し出される。

北村季吟は照月堂の上客で、今は幕府歌学方《ばくふかがくかた》という役職に就いているという。もともとは京で暮らしており、当時、長門の父柚木宝山《ゆきほうざん》と交流があったらしい。長門は江戸へ到着後、宝山から預かってきた書状を届け、それ以来、季吟から茶席に招かれたりしていた。その屋敷は神田にあり、例の新六菓仙を作った菓子屋の一鶴堂は日本橋にある。

上落合からさほど近いわけではないが、江戸の町に慣れた安吉にとっては問題ない。特に、神田は生まれ育った町である。安吉は上落合村を抜け、千代田のお城の北側を抜ける形で、まずは神田を目指した。

（お父《とっ》つぁん……）

考えまいとしていても、神田と聞けば、つい別れたきりになっている父のことが思い浮かぶ。

江戸で暮らしていた頃、そうしょっちゅう、父のことを考えていたわけではない。また、京へ行ってからは、父を思い出すことなどほとんどなかった。自分が慣れない土地で一日一日を生きていくだけで精いっぱいだったからだろうか。

それなのに、江戸へ戻ってきてからは、これまでよりずっと父のことを思い出すようになった。

ちゃんと暮らしているのだろうか。まさか、ぽっくり逝っちまったりしてないよな。日々の稼ぎはちゃんとあるのか。死んだおっ母《か》さんのことばかりよく口にしていたが、おっ母さんを忘れることはできたのだろうか。

(いやいや、俺は何を考えてるんだ)

ちょうど江戸川を渡る橋を前にした時、はっと我に返った安吉は立ち止まって、大きく首を横に振った。

(今だって、俺は自分のことで精いっぱいだ。長門さまをお守りして、江戸に不慣れな皆さんの足にならなけりゃいけないし、菊蔵からの話だって……)

——氷川屋へ来てくれないか。

新六菓仙のことを聞き出すため、菊蔵と久々に言葉を交わした別れ際、菊蔵は思いがけない申し出を口にした。故郷の江戸へ戻って、古巣の菓子屋で職人として働く——その前途の形は、安吉にとって、検討する余地も魅力もない、というわけではなかった。

何だかんだいっても、江戸は生まれ育った馴染《なじ》みの土地である。安吉は京をよい町だと思っていたし、都人《みやこびと》の考え方や風習に多少の違和感は持ちつつも、関わった人たちに感謝もしていた。しかし、やはり肌にしっくり馴染む故郷とは違う。江戸へ戻ってきて、改めて安吉はそのことに気づいた。

菊蔵から父親のことを言われた時は、あんな父親は関わりない、と強い口調で言い切っった安吉だが、江戸へ戻るか京に留まるかという決断を前に、やはり父を考えの外に押しやったままというわけにはいかぬ気がした。

（けど、今さら、あのお父つぁんと仲直りってわけにもいかないしな）

怒鳴り声を聞いただけで、体が動かなくなるほどの恐怖を父からは味わわされてきた。今もその恐怖心が体に残っているかもしれないし、ふつうに対面できる自信も持てそうにない。

「ちょいと、お兄さん」

甲高い女の声にはっと我に返ると、十五、六歳の娘がぷんぷん怒って、安吉を睨《にら》みつけていた。

「そこにぼうっと突っ立ってられると、迷惑なんだけど。橋を渡るのか渡らないのかはっきりしてよ」

「あ、ああ。渡るよ」

安吉は橋のたもとに立っていた自分に気づき、活《い》きのいい娘の声に押されるようにして歩き出した。娘は安吉の後に続く形で橋を渡ってきたが、橋を神田方面に渡り切ったところで、どうも妙じゃないかと安吉は首をかしげる。

この橋は竜慶橋《りゅうけいばし》のはずだ。お城にも近く、さほど町人があふれ返っている場所ではない。実際、行き来する人数は多くなく、安吉がぼうっとしていたといっても橋をふさいでいたわけではないのだから、通行の人の邪魔になっていたとも思えない。

橋を渡り終えたところで振り返ると、後に続いてきた娘はにやっと笑った。

「お兄さん、何だか危なそうだったからさ。身投げするなら、あたしの見えないとこでやってよね」

「何だって」

仰天している安吉には取り合わず、「それじゃあね」と娘は安吉を追い越していってしまう。きついことを言ってはいるが、根は優しいのかなと思っていたら、娘は不意に振り返った。

「そうそう、お兄さんってさ。余所《よそ》から来た人でしょ」

大きな声で安吉にしゃべりかけてくる。

「江戸じゃあね、そんなふうにぼうっとしてたら、すぐ掏摸《すり》にやられちゃうわよ。気をつけるのね」

と言うなり、娘はぱっと身を翻《ひるがえ》して駆け出した。

その瞬間、まさかあの娘こそが掏摸だったのではないかと焦り、安吉は思わず懐に手をやった。長門から預かった二通の書状も、わずかな小遣いを入れた財布もちゃんとある。

一瞬でも親切な娘を疑った自分に苦笑しながら、安吉も歩き出した。

余所者と思われた我が身のことを、ふと振り返ってみる。

(俺も京の人みたいに、おっとりして見えたのかなあ)

安吉はそう考え、悪い気はしないなと思った。

それにしても、あんな小娘から心配されるほど、自分は深刻な顔をしていたのだろうか。今度は別の角度から我が身を振り返り、ひとまずは父のことも菊蔵のことも頭の中から追い払って、役目に集中しようと心を決める。

江戸川の橋を渡ってからは、神田上水を左手にさらに東へと進んだ。やがて、北村季吟の屋敷へ到着し、書状だけを預けてすぐ立ち去った。特に返事をもらう必要はないと言われている。

次いで、安吉は日本橋へと向かい、前に長門たちと訪ねたことのある一鶴堂の店に入った。前の時は、京の菓子司《かしつかさ》果林堂の者だということは隠していたが、今日は果林堂の使者としての訪問である。

「いらっしゃいませ」

と、愛想のよい笑顔を向けてきた手代《てだい》の一人に、安吉は長門からの書状を預かってきたことを伝えた。

「こちらのご主人にお渡し願いたいのですが」

安吉が言うと、

「ただ今、番頭に話をいたしますので、少々お待ちください」

と、手代はすぐに返事をし、帳場に座る初老の男のもとへ急いで向かった。

長門からは直《じか》に主人に渡す必要はないから、書状を預けてくればいいと言われている。安吉としては手代に書状を渡し、立ち去りたいところであった。が、手代から話を聞いた番頭は表情を変え、帳場を離れて安吉のもとへ駆けつけてきた。

「手前《てまえ》は当店の番頭でございます。生憎《あいにく》、主《あるじ》は留守をしておりますが、お疲れでもございましょうから、客間にてゆるりとなさっていってください。手前どもの菓子など召し上がっていただき、ご助言を願えれば、職人どもがたいそう喜びます」

「い、いや、俺……いえ、わたしはただの使いですんで」

安吉は慌てて言った。

「さようなことは分かっておりますとも。果林堂のご係累《けいるい》の方がお越しであれば、かようなおもてなしで済むはずがございません。あなたは果林堂の奉公人なのですな」

「は、ええ。まあ、そうですけど」

「でしたら、京のお店のこと、やんごとなきお客さまのことなど、ぜひともお聞かせください」

「いや、わたしは厨房の方におりますので」

「ほほう、職人さんでしたか。それでは、手前や手代どもより職人がお相手した方がよろしいですな」

今にも厨房に人をやり、手の空いている職人を呼び出しそうな番頭の勢いに、安吉は慌てた。

「いえ、わたしは職人というより、見習いの見習いみたいなもので」

「ははあ、さすがに京の菓子司のお方は慎ましいのですなあ」

番頭は感心した様子で言う。いや、謙遜《けんそん》しているのではなく本当のことだと言っても、相手はますます安吉を遠慮深い人柄だと褒め称《たた》えるばかりであった。何を言っても、よいように受け取られることがあるのだなあと、安吉は呆気に取られた。

結局、安吉が客間へ上がるまでは書状を受け取れぬという番頭に、根負けしてしまった。八畳の座敷の上座に座らされた安吉は、何とも落ち着かない。

やがて、いったん下がっていった番頭が戻ってきて、何やかやとお愛想を言うのを聞かされているうちに、小僧が菓子と茶を運んできた。

「亥《い》の子《こ》餅《もち》でございます」

といって出された皿には、薄茶色の餅が載っている。菊の節句が終わり、十月の炉開《ろびら》きを見越してのことだろう。

小僧に続いて、職人の格好をした体格のよい男が現れた瞬間、安吉は重蔵親方のことを思い出して、身を固くした。氷川屋の重蔵親方が一鶴堂に引き抜かれたことは、ついこの間、菊蔵から聞かされたばかりである。忘れていたわけではないが、番頭と話を交わしていた時にはつい失念していた。あの時、重蔵親方のことを思い出していれば客間などに上がりはしなかったものを、と自分の迂闊《うかつ》さが情けなくなる。

氷川屋にいた頃、下っ端だった安吉のことなど重蔵親方の記憶に残っていないとしても、顔を見れば思い出すことだってあるかもしれない。

安吉は恐るおそる目を上げた。

小僧に続いて入ってきた職人は、安吉の知らぬ男であった。重蔵より年のいった初老の職人で、おそらく五十は超えているだろう。

「梅太郎《うめたろう》といいます」

相手は安吉の前に座ると、表向きは丁寧に名乗った。だが、その目には、京の菓子司の職人と聞いてわざわざ来てみればこんな若造だったか、という失望の色が浮かんでいる。

「わたしは安吉と申します。京の菓子司果林堂の使いとして参りました」

安吉が名乗り返すと、梅太郎はわずかにうなずいたものの、言葉は返さなかった。代わってしゃべり出したのは、口の達者な番頭である。

「いやねえ、この梅太郎はうちの親方の一番弟子でございましてね。その親方が近々隠居することになりましたので、間もなくうちの厨房を任せることになっているんですよ」

「そうでしたか。そのようなお方にご挨拶いただき、恐れ入ります」

安吉は梅太郎に目を向けて言った。その時、梅太郎の目の中に怪訝《けげん》そうな色が浮かんだ。

「おたく、安吉さんとおっしゃいましたな。京から来たということですが、京の言葉遣いではいらっしゃらないのですなあ」

「あ、わたしは江戸の生まれでして。今は京の果林堂で世話になっていますが、江戸の町にはくわしいだろうと、案内役として旅の一行に加えられたというわけです」

ごまかすこともできないので、安吉は正直に答えた。江戸ではどこの菓子屋にいたのかと訊かれる恐れもあったが、幸いなことに、番頭も梅太郎も尋ねてはこなかった。

亥の子餅を勧められ、安吉はありがたく頂戴した。中にはこし餡《あん》が入っており、柔らかい花びらのような餅がそれを包んでいる。

ゆっくりと味わって食べた後、

「このお餅は求肥《ぎゅうひ》でしょうか。とても柔らかな舌触りですね」

と、安吉が述べると、梅太郎はおっという表情を浮かべた。

「おっしゃる通り求肥です。もともと一鶴堂では大豆や小豆《あずき》、大角豆《ささげ》などを搗《つ》いた餅を使っていたんですがね。伝統には適《かな》っているんだが、売り物としてはどうも無骨な感じがしていたんですよ」

それまでと違い、梅太郎の言葉数は急に多くなった。菓子作りのことになると急に饒舌《じょうぜつ》になる職人の典型なのだろう。

「実は、これまでの親方が従来の亥の子餅を重んじていましたのでね。うちではずっとそれを作り続けていたんです。売り上げも悪くはありませんでしたしね。しかし、この度、親方の交代に伴い、これまでの親方も梅太郎さんのやり方で作ってみろと言い出しまして、今年は両方作って店に出すことになりました」

と、番頭が物柔らかな口調で説明を加えた。

なるほど、亥の子餅一つをとっても、前の親方と梅太郎の間には作り方をめぐって、考えの相違があったようだ。どこの店にでもある話だが、梅太郎はこれまでこらえることも多かったのではないか。ようやく目上の親方が引退して、これから思い通りの菓子作りができると、意気込んでいるところなのだろう。

「この餅は花びらのような舌触りだと思いました。こういう優しい柔らかさを好むお客さまは大勢いらっしゃるでしょう」

安吉が言うと、梅太郎は意を得たりという表情を浮かべた。

「京にいたのなら、〈花びら餅〉を知っていなさるんでしょう」

「花びら餅ですか」

聞いたことはあるように思うが、果林堂では出していなかったと安吉は思い返す。

「京で正月に食べる餅だと聞いたことはあるんだが、実際に食べたことはなくてね。知っている人からいろいろ話を聞いて、自分で作ってみようとしたんですよ」

「正月というと、菱葩餅《ひしはなもち》のことでしょうか」

中に牛蒡《ごぼう》と味噌《みそ》餡《あん》を入れて作ると聞いたことはある。柚木家でも菱葩餅を作って宮中へお納めしているが、これは主果餅《くだもののつかさ》としてのお役目であって、作ったものを店で売ることはしない。よって、安吉も名前は聞いたことがあったが、味見をしたことはおろか、出来上がったものを見たことさえなかった。

だが、安吉がそうした話をすると、

「へえ、正式にはそういうものだったんですか」

と、梅太郎は興味深そうにうなずいた。初めはどことなく安吉を軽んじるような目の色をしていたが、今はそうした色も消えている。

「菱葩餅という名を憚《はばか》ってのことでしょうが、花びら餅という名前で似た菓子を売る店もあるそうです。お聞きになったのはそうした店のお品ではないでしょうか」

　確かにそう思うと、梅太郎はうなずいた。

「しかし、花びら餅と聞いた時に、何とも風情のある名だと思いましてねえ。何とか自分で拵《こしら》えてみたいと思い、あれこれやってみました。その時、求肥で牛蒡を包むことも試してみたんですよ。だが、なかなかしっくりきませんでねえ。そのうち、ただの餡を包めば、いい具合になるんじゃないかと思いまして、亥の子餅で試してみたというわけです」

　梅太郎は饒舌に語った。

「それでは、梅太郎さんが親方になったら、その花びら餅を仕上げるのが、初のお仕事になるかもしれませんな」

　持ち上げるように番頭が言い、梅太郎はいやあと言いながらも、満更でもない顔つきである。

「ま、しかし、梅太郎さんには新六菓仙の功績がありますからな。あれで、今の親方さんも梅太郎さんのお力を認めざるを得なくなったわけで……」

　番頭の言葉に、安吉は思わず「えっ」と声を上げてしまった。

「新六菓仙をお作りになったのは、親方さんだったんですか」

　安吉が梅太郎に目を向けて問うと、梅太郎は不思議そうな表情を浮かべた。

「いや、親方さんと呼ばれるのはまだ早いんですが、確かに新六菓仙はあっしが拵えました。しかし、どうしてその菓子のことを……？」

「ええと、長門さま、いえ、果林堂の主人の身内が北村季吟先生のお茶席に招かれたんですが、そこで耳に挟んだと聞きましたので」

安吉が説明すると、

「そうでしたか。北村先生のお茶席でお話が出ましたか。それはそれは……」

と、番頭はたちまち上機嫌になった。梅太郎は何も言わなかったが、鼻高々といった様子がうかがえる。

「それでは、わたしはそろそろ……」

安吉は長門から一鶴堂の主人に宛《あ》てた書状を番頭に預け、辞去することにした。

「確かにお預かりいたします。次は主がおります時に、果林堂の皆さままでお越しくださいませ」

番頭の丁重な挨拶を受け、すでに一鶴堂へはそろって来たことがあるとはまさか言えず、安吉はあいまいにうなずいておいた。

「ぜひ亥の子餅をお持ち帰りください」

梅太郎からは強く勧められたので、金を払うと言ったのだが、とんでもないと番頭から断られてしまう。結局、ずっしりと重い包みを土産に持たされ、安吉は一鶴堂を後にした。

六

泰雲寺の庫裏へ戻った安吉は、さっそく長門の部屋へ赴き、用事を済ませたことを報告した。

「一鶴堂さんで亥の子餅を持たされたんですが……」

「ほな、菓子を頂戴しながら、皆で一鶴堂での話を聞きまひょか」

餅は十個包んであったが、長門は自分たちの分を除き、残りはすべて了然尼たちに渡すようにと告げる。安吉は菓子の包みを持って台所へ行き、そこにいたお稲《いね》に事情を話して、餅を取り分けてもらった。夫の正吉《まさきち》と共に長く了然尼に仕えているというお稲には、安吉たちもここへ来てから世話になっている。

「皆さまの分はすぐに、長門さまのお部屋へお運びしましょう」

と言ってくれたお稲に礼を述べ、安吉は部屋へ戻ると、与一と政太に声をかけた。三人そろって長門の部屋へ向かうと、ほどなくしてお稲が亥の子餅と茶を運んできてくれた。

「ほう。これが一鶴堂の亥の子餅か」

長門が求肥でくるまれた餅を、矯《た》めつ眇《すが》めつしながら呟いた。安吉は、花びら餅について耳にした梅太郎がそれを拵えようとする過程で出来たものだという話をした。

「へえ。江戸の職人が菱葩餅をなあ」

長門の声には鋭い棘が感じられ、安吉は覚えず肝を冷やした。

「菱葩餅は、宮中の菓子作りに携わる職人しか作れへんと、知らんのどすなあ」

「怖いもの知らずとは、よう言うたもんどす」

与一と政太が驚きと蔑《さげす》みを交えた声で追随する。

「いや、あの、ですね。梅太郎さんっていう人は、花びら餅を作ろうとしたんであって、菱葩餅を作ろうとしたわけではないと思うんですが……」

一生懸命言う安吉の言葉は、「ま、ええわ」という長門の一言に遮られてしまった。

「何であれ、見たこともない菓子を作ってみようとする心がけは、職人として褒められることや。あてらも心して味わおうやおへんか」

「へえ」

与一と政太は素直に返事をする。

「ほな、いただきまひょ」

長門の言葉で、一同は手を合わせて菓子を食べ始めた。すでに味わいを知る安吉は自分が食べるより、長門や与一たちの反応が気にかかってならない。

やがて、長門は亥の子餅を食べ終えると、

「あっさりしてて、餅の口当たりは悪うない」

と、おもむろに告げた。悪い評価ではないと思うが、長門の表情が決して晴れやかなものでないことに、安吉は気がついた。すると、

「餅が軽い舌触りやさかい、餡の味がしっかり伝わってきます。ま、それも餡がもうちっとましなら、なおよかったんやけど」

と、政太が続けて言った。見れば、その眉間《みけん》には皺《しわ》が寄っている。

「あてはやっぱり亥の子餅は、七種の粉を搗いた餅でないと、食べた気がしまへんなあ」

最後に与一が感想を述べた。七種とは大豆、小豆、大角豆の他、胡麻《ごま》、栗《くり》、柿、糖の七種の粉のことをいう。果林堂ではその伝統に基づいた亥の子餅を作り続けていた。

「はあ。一鶴堂もこれまではそっちの亥の子餅を作っていたそうですが、梅太郎さんは無骨だとか言っていましたね」

「ほな、この柔らかな求肥はそれに抗うてのことやろな。ま、その話で、これまでの一鶴堂の亥の子餅がどないなもんか、大方分かったわ」

長門の言葉に「えっ、食べないでも分かるんですか」と安吉が驚いていると、

「昔ながらの七種の粉を使うた餅でも、果林堂の亥の子餅は柔らかさで、今食べた求肥に劣りまへん。それに、豆の味わいも十分残って、餅だけでも深い味わいがおす」

と、与一が言い、政太が大きくうなずき返した。

「無骨になるんは、それだけの腕がないからどすやろなあ」

厳しくはあるが正確な三人の批評を聞きながら、安吉はなるほどなあと感心していた。

そこへ、

「ほな、一鶴堂のありさまについて、くわしい話を聞かせてもらいまひょか」

と、長門が安吉に目を向けた。亥の子餅にまつわる梅太郎の話はすでにしていたから、それを除き、おおよそのことを安吉は語った。

「最後に分かったのですが、この梅太郎さんが例の新六菓仙を作った職人だったんです。どうやら、その功績で梅太郎さんが次の親方と決まったらしいんですが」

「なるほど。その梅太郎というんは、あんたの知ってる氷川屋の元親方やないのやな」

「はい。氷川屋の元親方は重蔵といいますが、今どうしているかは分かりませんでした」

「ま、しかし、次の一鶴堂の親方にはなれんかったわけやな」

それから長門は、新六菓仙の話が出た時の梅太郎の得意げな様子について聞き、

「それは、ええ塩梅《あんばい》や」

と、にやりと笑った。

「ええ塩梅とは……？」

安吉は何となく不安に思って訊いた。

「照月堂はんの六菓仙にぶつけて、鼻高々になっているようやけど、季吟先生の本音を知ったら、どないな顔をするか見ものということや」

いい気になった相手をどん底へ叩《たた》き落とす頃合いを、「ええ塩梅」と言っているのだろう。長門らしいといえば長門らしいが、空恐ろしいことだと思いながら、

「では、北村先生のお言葉を、一鶴堂に教えてやるおつもりですか」

と、安吉はさらに尋ねた。

「何で、あてがそないな親切を施してやらなあかん」

と、長門はそっけなく言う。

「では、一鶴堂のご主人にお届けした書状は、ただの挨拶状に過ぎなかったのですか」

「まあ、今日のはそないなとこやが、面白い趣向を考えてるさかい、よければ応じてほしいと書いておいた」

「面白い趣向……？」

安吉は首をかしげたが、与一と政太も初耳らしく、興味深そうな表情を浮かべている。

「六菓仙と新六菓仙の競い合いや」

と、長門は楽しげな口ぶりで、腹案を打ち明けた。北村季吟への書状には、そのことをしたためてあるのだという。

「それは、ええ思いつきどすなあ」

すかさず、与一が大声で応じた。

「ほんまに。さすがは長門さまや」

と、政太もいつになく昂奮《こうふん》した面持ちで言う。

「六菓仙と新六菓仙の競い合い……」

安吉は呆気に取られて呟いた。

菓子の競い合いといえば、照月堂と氷川屋の節句菓子の対決だが、長門が昨日、なつめにそのことを尋ねていたのはこのことが頭にあったからなのだとようやく合点がいく。

「要は、六菓仙のどれそれと新六菓仙のどれそれを競わせて判定する。それぞれ六つずつ菓子があるさかい、勝負は六回やな。その勝ち数を競えばええ。まあ、引き分けもないとは限らんけど……」

とは言うものの、長門の頭の中では勝者はすでに見えているのだろう。

「長門さまが判定人をなされば、公平な勝負ができますなあ。お一人というわけにもいかんやろから、北村先生にも判定をお願いして……」

前のめりになった与一が言い、「ま、頼まれれば引き受けてもええけどな」と、長門もまんざらではない様子で言う。

「せやけど、北村先生がどうおっしゃいますやろか」

季吟の名が出たところで、政太が難しい表情を浮かべた。

「新六菓仙の銘は北村先生のご著作に由来しますのやろ。いくら照月堂をご贔屓の先生かて、ご著作の名を冠《かん》する菓子が負けるのは、あまりええ気がせんのと違いますやろか」

その政太の言葉に、長門もうなずいた。

「あても同じに思う。せやさかい、これは季吟先生のお心次第ということや」

「でも、一鶴堂が受けるでしょうか」

安吉は首をかしげた。

照月堂は勝てば面目を施すのだから、勝負を受ける意味はある。しかし、一鶴堂は照月堂の二番煎《せん》じの菓子を作ったことが世間に広く知られるだけでなく、負ければ恥の上塗り

だ。安吉がその懸念を口にすると、

「何を言うてるのや」

と、長門があきれた表情で言葉を返した。

「一鶴堂は新六菓仙が話題になったと得意がってるのやろ。ほな、受けるに決まっとる。せやさかい、ええ塩梅と言うたのやないか」

「ああ、その塩梅だったんですね」

安吉がいくらかほっとした様子で言うと、「どないな塩梅と思うてたのや」と長門は訊き返した。

「いや、申し上げるほどのことでは……」

と、安吉はごまかす。

「しかし、この競い合いが行われればえらいことどす。長門さまのお名前は江戸中に知られることになるのやおへんか」

与一がいかにもそうなってほしいという様子で言う。

「そうどすな。柚木家の名は京ではすでに知られてますし、長門さまもいずれ広く知られるお方どすが、先に江戸でその名を轟《とどろ》かせるのも悪い話やおへん」

何となく政太も嬉《うれ》しそうだ。とはいえ、自制する心もちゃんと持ち合わせている政太は、

「もっともあんまり評判になって、京のご隠居はんや旦那はんをしのぐほどになってはあきまへんが」

と、付け加えることも忘れなかった。

「いや、あては表に出るつもりはない」

長門はいちばんの年少者でありながら、この中で最も落ち着いている。

「それより、この競い合いは照月堂の旦那はんに、大きな益をもたらすかもしれへん」

長門の言葉に、落ち着きを取り戻した与一が大きくうなずいた。

「照月堂はんはこれで、名高い菓子舗になる足がかりを得られますのやな」

照月堂が一鶴堂に劣っているのは、店の大きさと職人の数、そして世間の評判の高さであった。だが、評判さえ得られれば、店は自然と大きくなり、職人は増える。久兵衛の作る菓子のすばらしさを、一部の客だけではなく、もっと大勢の客に知ってもらえるのだ。

(長門さまはそのお手伝いを……)

いくら柚木家の血を引くとはいえ、わずか十三歳の長門がここまでのことを考えつき、行動を起こしてしまうことに、安吉は眩暈《めまい》を覚えそうになる。

(いや、もしかしたら、京の旦那さんから前もって、お知恵を授かっていらっしゃったのかな)

そうだとしても、長門は江戸へやって来て、江戸菓子舗の現状を目の当たりにした上で、本当に値打ちのある菓子屋と菓子を見出し、それを普及させせようとしている。

(長門さまみたいなお人に、俺はこの先、出会うことができるのか)

答えはもう分かっていた。

久兵衛のことは今も師匠と思っているし、深く感謝もしている。九平治や辰五郎にも助けてもらったし、恩義を忘れることはないだろう。菊蔵のことも自分は好きだ。

だが、長門はその誰とも違う。

(俺はいつの間にか、こんなにも長門さまを尊敬していたんだ……)

安吉、安吉、安吉いー。

耳もとでうるさい声がするような気はしていたが、無視して己の考えにふけっていたら、いきなり耳たぶを引っ張られた。

「痛《いた》っ、いたた」

引っ張られた方に目を向けると、政太が目を吊《つ》り上げている。

「何するんですか、政太さん」

耳をさすりながら、安吉は抗議した。

「何するも何もないやろ。長門さまのお呼びを無視するとは、あんた、何さまになったつもりや」

厳しい声で叱りつけられ、慌てて長門の方へ目を向けると、責めるというより妙なものを見る目つきで、長門がこちらを見つめていた。

「あ、申し訳ありません。ちょっと考えごとしてましてて」

「あんなあ。あんたが考えたからいうて、物事がようなるとでも思うてるのか」

長門からは哀れむような口調で言われ、与一と政太からは失笑された。

「照月堂はんに悪いようにはせえへんさかい、あんたが頭を使わんでええ」

「へ、へえ」

「それより、この先、季吟先生んとこと一鶴堂、照月堂のお店を何度も行き来してもらうことになるさかい、心しておき」

意外にも、長門からは優しく言われ、

「へえ。分かりました」

安吉はようやく背筋を伸ばして答えた。

第二話　新旧六菓仙

一

　間もなく、照月堂の六菓仙と一鶴堂の新六菓仙との競い合いは、面白き趣向であるという、北村季吟の賛同が得られた。

　書状での返答を受けた長門は、自ら季吟の屋敷へ足を運び、綿密な打ち合わせを行った。

ここで、それぞれの菓子屋には季吟から話を持ちかけること、菓子は季吟の屋敷へ納めること、判定人は季吟と長門の二名で行うことなどが決められた。

　こうして、あとは菓子屋の返事を待つだけとなると、安吉が長門の使い走りをする仕事も少なくなる。

「その間、あんたはなつめお嬢はんに、寒天の扱い方をお教えし」

　長門からそう言われ、安吉は約束通り、なつめに寒天を水で戻し、型に入れて固めるまでを実践してみせた。寒天は料理でも使えると聞いたお稲も、扱い方を知りたいというので、二人を前に一連の作業を行う。

誰かに教えることは無論、自らの仕事ぶりを手本として見せた経験のない安吉は緊張した。今回の作業は味付けをしないため、寒天と水の分量、火加減などを注意するだけでいい。それでも、作業をしながら人に説明するのはけっこう難しかった。時には手先にしか意識が向かず、説明が遅れたり、しどろもどろになったりしたが、なつめもお稲も熱心に見聞きしてくれた。

「これを平たく切って、魚の切り身のように醤油《しょうゆ》や山葵《わさび》で食べるんですか」

寒天の食べ方について聞いたお稲は、不思議そうな表情で呟《つぶや》く。

「了然尼さまから頂戴した寒天は、甘くてしゃりしゃりして、おいしゅうございましたけど、食卓の一品とはとても考えられませんでしたのに」

「あれは、砂糖などで甘みをつけていますからね。しゃりしゃりしているのは、上に砂糖がまぶしてあるからで、寒天そのものに味はほとんどないんです。醤油や山葵はとても合うと思います」

安吉は、初めて京の伏見《ふしみ》の宿屋で食べた寒天を思い出して答えた。

「そうそう、江戸の人なら心太《ところてん》と同じように、酢醤油もいいんじゃないでしょうか」

あ、了然尼さまもなつめさんも江戸の人じゃないんでしたっけ——と安吉は言い足して、頭をかいた。

「確かに、了然尼さまは京のお味に馴染《なじ》んでいらっしゃるでしょうが、私は江戸の方が長いですし、酢醬油もいただきます」

　と、なつめがにっこりしながら言う。

「じゃあ、なつめさんは、心太は酢醬油で食べる側なんだね」

　安吉は嬉《うれ》しくなって言ったが、なつめは首をかしげた。

「京で食べた黒蜜が懐かしくなることもありますし、そうはっきりと酢醬油の側に立つわけではないんですけど……」

「いや、俺だって、京へ行って黒蜜もなかなかいいとは思ったよ。けど、京の人から酢醬油なんてとんでもないって言われると……そこまで言わなくてもってさ」

　二人の会話を聞いていたお稲が、

「心太に蜜をかけるなんて、とても考えられませんねえ」

　と、しかめ面になって口を挟む。まずいものでも食べたようなその様子に、安吉となつめは目を見交わし、笑い出してしまった。

「それじゃあ、安吉さんが作ってくださった寒天は、出来次第、夕餉《ゆうげ》に醬油と山葵をつけて試してみましょう。安吉さんには酢醬油もおつけしましょうか」

　お稲から言われ、「いえ、俺はいいです」と安吉は断った。

「京の人が好む味に慣れなきゃいけないと思ってますんで。京の菓子屋で働いているわけですしね」

そう言うと、お稲が感心したような目を向けた。

「それは立派な心がけですねえ。小さい頃から舌に馴染んだ味ってのは、なかなか変わらないもんでしょうに」

「いや、そんなたいそうなことじゃないんですけど……」

安吉は照れ笑いを浮かべた後、

「正吉さんとお稲さんは酢醤油でも試してみてください」

と、お稲に言い、あとは固まるのを待つだけという状態になった寒天を任せて、片付けを始めた。洗い物を盥《たらい》に入れて、庭の井戸端へ出ると、なつめが追いかけてきて、自分も手伝うと言う。

それならと二人で洗い物をすることにして、安吉は井戸の水を汲《く》み始めた。すると、

「菓子の競い合いの件はその後、どうなっているんでしょうか」

ずっと気になっていたのだと、なつめが話しかけてきた。長門が競い合いを提案したこと、北村季吟がそれを了承したことまでは、了然尼となつめにも話してあった。

「一鶴堂の方は乗り気だって聞いているけど、照月堂からは音沙汰《おとさた》がないみたいだ。旦那さんは迷っていらっしゃるのかもしれないな」

安吉は汲み上げた水を盥に移す手を止めて答えた。

「長門さまはこのお話を受ければいいとお考えなのよね。北村先生も――」

「ああ。お二人とも照月堂が勝つと信じていらっしゃるからね。新六菓仙なんて菓子を作

った一鶴堂に一矢報いるってのはともかく、照月堂の本当の力を示すよい機会にもなるだろうし……」

「安吉さんも同じように思っているのね」

なつめは安吉を見上げて問うた。

「俺には、照月堂の旦那さんの深いお考えは分からないよ。けど、旦那さんの腕前のすごさは分かる。京で果林堂の旦那さんのご活躍ぶりもしっかり見てきた。お二人は昔、同じ師匠のもとで腕を競い合っていたんだそうだよ」

それなら、久兵衛がもっと活躍するのが本来の姿なんじゃないかと、安吉は続けて言い、なつめは力強くうなずき返した。

「それに、この一件は照月堂のためだけじゃなくって、ひっくるめて江戸の菓子屋のためにもなるんじゃないかって思うんだ」

と、つい熱い口ぶりになって言うと、なつめは少し驚いたような表情を浮かべたが、やがてくすっと笑った。

どうして笑われたのかと安吉が首をかしげていたら、なつめはすぐに笑いを収め、「ごめんなさい。ちょっと吃驚《びっくり》しただけなの」と謝った。

「安吉さんは照月堂のことだけを考えているわけじゃなかったのね。私はそんなに大きなものの見方をしていなかったものだから」

なつめから言われ、安吉は「いやあ……」と頭をかいた。

「俺がそんなたいそうなことを考えついたわけじゃないよ。長門さまのおそばで、そのお考えを必死に理解しようとしていたら、いつの間にかそういう物の見方をしてたっていうか。まるで俺自身が考えついたみたいに言っちまって、きまり悪いな」

「そんなことはないわ。安吉さんは長門さまのお考えが正しいと思ったから、それに寄り添っているわけでしょう」

「うーん、それは何とも言えないな。正しいか正しくないかなんて、俺には判断できないんだよ。でも、あの長門さまが間違えるなんて、俺には考えられないけど……」

「安吉さんは長門さまのことばかりね」

なつめは微笑《ほほえ》みながら言う。

「長門さまのことばかり……？」

「ええ。こっちへ来てからの安吉さんを見ていると、長門さまのことをどれだけ大切に思っているか、よく分かるわ」

「そりゃあ、俺は長門さまのお世話役として付き添ってきているんだし」

「それもあるでしょうけれど、お仕事だけじゃないでしょう？　安吉さんが長門さまのために尽くそうとするのは――」

「そうかな。いや、そうなんだな」

安吉は言い直し、自分でも意識せぬまま何度もうなずいた。

「俺はさ、長門さまから離れてやっていく自分の姿が、あまり考えられないんだよ」

なつめに打ち明けるともなく呟くと、

「では、安吉さんはずっと京で暮らしていくつもりなんですか」

と、なつめから問いかけられた。

それは、安吉が菊蔵から「氷川屋へ来てくれ」と言われて以来、ずっと自らに問いかけていることであり、いまだに答えを出していないことでもあった。

「あの……さあ。菊蔵のことなんだけど……」

安吉がつと呟いたのは、菊蔵からの頼まれごとを思い出したからなのだが、

「えっ、菊蔵さん？」

と、なつめは動揺したそぶりを見せた。

「ああ、前に話しただろ。新六菓仙のことや重蔵親方のことを、菊蔵から聞いたって」

安吉は桶《おけ》の水を盥の中に注ぎ込みながら言った。なつめは少し落ち着きを取り戻した様子でうなずき返す。

「菊蔵が……さ」

言いかけたものの、今度は安吉が口を閉ざした。菊蔵から誘われた件については誰にも話すべきではない。誰かに相談して知恵を借りる前に、まずは自分で考え尽くし、答えを出さなければ――。

思い直した安吉は、「ええと……」と別の話題の糸口を考えながら、もう一度井戸水を汲み上げ始めた。

「そういや、競い合いの件だけど、菊蔵にも知らせてやった方がいいんだろうか。なつめさんはどう思う？」

安吉は汲み上げた水を盥に注ぎ足しながら尋ねた。

「競い合いをすると決まれば、わざわざ知らせなくても、お耳に入るのではないかしら」

「そうだよな。この競い合いを世間に広めようと、長門さまや北村先生だってお考えになるだろうし」

「でも、菊蔵さんは一鶴堂とも関わりがありますし、安吉さんからお聞きになった方が心持ちも穏やかでいられると思います」

「うん、なつめさんの言う通りだ」

「菊蔵さんにお伝えすれば、辰五郎さんのお耳にも入るでしょうしね」

そういえば、氷川屋の親方になったという辰五郎には、まだ挨拶《あいさつ》もしていなかったな、と安吉は思った。

「そういや、なつめさんはしのぶお嬢さんと付き合いがなかったっけ？」

安吉はふと思い出して尋ねたが、なつめは少しうつむきがちになると、

「お婿さんをおもらいになる前は、親しくお付き合いもしていましたが、その後はお会いするのも難しくて」

と、小さな声で言う。

「そうだよな。なつめさんだっていろいろあって大変だったんだし」

安吉はそう言うと、盥の前にしゃがみ込んだ。

「早く片付けちまわないと、お稲さんに心配されちまうな」

安吉の言葉に顔を上げたなつめが、盥に手を伸ばす。その口から「あら」と声が漏れた。

「さっき、寒天を入れていた器の縁、もう固まりかけているわ」

「ああ。そのくらいの量だと、わりと早く固まるんだよ」

安吉はそう言って器を受け取ると、布巾《ふきん》でごしごしとこすり出した。なつめも同じように別の器を洗い始める。洗い物がすっかりきれいになるまで、二人はそれぞれの思いを胸に、無言で作業を続けた。

二

安吉は菊蔵から「用がある時には、氷川屋の奉公人に言づてを託してくれ」と言われている。厨房《ちゅうぼう》にいる時なら、取りあえず安吉の待つ場所へ出向くし、暇がない時や留守の時には安吉のもとへ人を遣《つか》わすと、菊蔵は言ってくれた。

（けど、氷川屋の店の人に、言づてを託すこと自体が難しいんだよな）

手代《てだい》や小僧の中に、安吉を覚えている者もいるかもしれない。それに抜け目のない番頭の庄助《しょうすけ》は、一度見た人の顔は絶対に忘れないという特技の持ち主だった。

（そうだよ。あの番頭さんは俺を忘れちゃいないだろうしなあ）

庄助と顔を合わせることを考えただけで、安吉は気が沈んだ。そうするうち、

「何や。なつめお嬢はんに寒天の扱い方をよう教えられへんかったと、落ち込んでるんか」

と、与一から声をかけられた。何やら料理の指南書のようなものを読んでいたらしい政太も、書物から顔を上げて、安吉の方を見る。

「寒天作りはうまくいきましたよ。出来上がったら、晩のお膳に載せてくれるとお稲さんが言ってくださいました」

安吉は心外だと言葉を返したが、

「ま、味付けするわけやなし、どないしたかて失敗しようもないやろけど」

と、政太からは厳しい言葉が飛んでくる。

「ほな、何であんたはしかめっ面になってるのや」

与一がさらに訊いてきたので、安吉は氷川屋の親方になった辰五郎に挨拶をしたいのだと答えた。

「それに、あそこの若旦那にも、競い合いの一件を知らせてやればいいんですが、氷川屋へは顔が出しにくいもので」

「氷川屋の若旦那といやあ、一鶴堂に生家の店をつぶされたってお人やな」

競い合いが関わるのなら、とりあえず長門さまに伺いを立てたらどうやと、与一が言う。

それもそうだと、安吉は長門の部屋を訪ねることにしたが、なぜか与一と政太が付き添っ

てくれた。

「失礼します。少しご相談したいことが……」

与一がおおよそのところを説明するのを聞いた長門は、

「ほな、氷川屋に知らせて来《き》」

と、安吉に目を向けて言った。

「前もって知らせておけば、氷川屋の若旦那と親方への義理は果たしたことになるやろ。あとはいちいち知らせんかて、耳に入るやろしな」

長門は続けて政太に目をやり、「あんたが一緒について行ったり」と告げた。氷川屋へ入りづらい安吉の手伝いをしてやれということらしい。

「長門さま、ありがとうございます」

憂いの晴れた顔で言う安吉に、長門ははよ行けと手を振るだけだった。安吉はすっかり安心して、自分たちの部屋へ戻ると、

「政太さん、お世話をかけます」

と、政太にも改めて頭を下げた。

「あんたのためやない。長門さまの言いつけやさかいな」

政太はにこりともせずに言う。「はよ行きまひょ」と支度を始める政太につられ、安吉もあたふたと支度をする。

「あれで、あんたの面倒を見るのが、そない嫌でもないのやで」

安吉の耳もとで、与一が政太には聞こえぬよう小声でささやいた。

氷川屋へは政太が出向き、菊蔵を呼び出す手はずを整えてくれることになった。その間、安吉は路地裏で待っていたが、やがて買い物を済ませた政太が戻ってくると、ほどなくして菊蔵本人が現れた。

「こちらは、果林堂の職人さんで、政太さんとおっしゃるんだ」

初対面となる政太を菊蔵に引き合わせ、菊蔵のことは氷川屋の若旦那だと伝える。菊蔵は政太が氷川屋の包みを持っていることに気づき、

「ありがとうございます。お足をいただいいちゃ申し訳ないところですのに」

と、恐縮して言った。

「いやいや、お店の人には果林堂の者とは言うてまへんさかい、ご案じのう」

と、政太は澄まして答える。

安吉が前と同じ茶屋で話がしたいと言うと、菊蔵はすぐに承知した。先に行っていてくれというので、いったん菊蔵と別れ、安吉と政太は上野山へと向かう。

道中、寛永寺《かんえいじ》が京の比叡山《ひえいざん》に倣《なら》って「東叡山《とうえいざん》」を冠するのだという話や、寛永寺の住職は京から法親王《ほっしんのう》をお迎えするのだという話を、安吉は政太に聞かせた。

「不忍池《しのばずのいけ》ってのがあるんですけど、琵琶湖《びわこ》に見立てて中の島が築かれてましてて、そこには弁天堂があります。他にも、清水観音堂《きよみずかんのんどう》は京の清水寺を模したものだそうですよ」

長門に訊かれたら答えられるよう、蓄えておいた江戸名所の話を披露すると、政太は「ほう」とまんざらでもない様子である。

「上野山は江戸でも少しは見所があるようや。ほな、あてがいると、若旦那も話がしにくいやろし、あては適当に山ん中を見させてもらいまひょ。待ち合わせの場所だけ決めておくれやす」

政太の言葉に従い、安吉は少し考えた末、不忍池のほとりの弁天堂正面を待ち合わせ場所に決めた。いったんそこへ政太を案内して、

「ここが弁天堂の正面になりますが、池沿いをぶらぶらしていてくだされば、俺の方で政太さんを見つけますんで」

と、告げると、

「琵琶湖に見立てたにしては、えろう小そうおすなあ」

という返事である。その場で政太と別れ、安吉が先日の茶屋へ行くと、ちょうど菊蔵が来合わせたところであった。政太は上野山を見物している旨を告げ、二人で茶屋の縁台に腰を下ろして茶を注文する。

「前の話の返事をもらえるのか」

菊蔵から真っ先に問われ、安吉は「いや、今日はその話じゃないんだ」と申し訳ない気持ちで答えた。それについてはもう少し時が欲しいと言うと、菊蔵はかまわないと応じ、自分の気持ちは変わっていないと告げた。

安吉は、まず辰五郎に挨拶したいが難しいだろうか、と尋ねた。

「親方は奉公人たちと同じ住まいで暮らしていらっしゃるんだ。大旦那が近くの貸家を宛《あて》がおうとしたんだが、その必要はないと言ってね。仕事仕事で、本郷のご自宅へもあまり帰ってないみたいだし」

安吉が江戸へ来たことは菊蔵から伝えたという。元気でやっているならそれが一番だから、わざわざ挨拶には及ばないと、辰五郎は言っていたそうだ。

「俺は氷川屋へは顔を出せないけど、まだ江戸にはいるから、折が来るのを待つことにするよ。辰五郎さんにはくれぐれもよろしく伝えておいてくれ」

その後、本題は別にあるのだと安吉は告げた。長門が六菓仙と新六菓仙の競い合いを提案し、北村季吟が承知したこと、一鶴堂は乗り気だが照月堂の意向はまだ不明だということを、続けて語る。

菊蔵は驚きの表情を浮かべつつ、話を黙って聞いていたが、

「果林堂の坊ちゃんはさすがに考えることが違うな」

と、感じ入った様子で呟いた。

「そうなんだよ。まだ十三でいらっしゃるんだけど、さすがは柚木家のお方っていうか、器が違うんだよな」

安吉は我がことのように得々と言う。その安吉の誇らしげな顔を、菊蔵はじっと見つめていたが、それ以上の言葉は述べなかった。

「ところで、長門さまの使いとして一鶴堂へ行った時、新六菓仙を作ったたっていう職人に引き合わされたんだ」

安吉は最後にその話を付け加えた。

「近々、一鶴堂の親方が交代するらしいんだけど、新しい親方になる人らしい」

「重蔵親方じゃなかったんだな」

「ああ。もっと年のいった人だったよ。梅太郎と名乗っていたな」

「……何だって」

菊蔵の顔が強張《こわば》っていた。その様子に、安吉の勘も働いた。

「まさか……」

「俺の実家の店を捨てて、一鶴堂へ走った奴だよ」

菊蔵は掠《かす》れた声で告げた。

三

いつまでも恨みにとらわれていてはいけない。いつかは前を向かなければならないのだ。

そのことは分かっていたし、自らの将来を見据えた目標も持っていた。実家の喜久屋《きくや》を再建するという目標は自ら手放してしまったが、その代わり氷川屋を守っていくという新たな目標もできた。心を寄せてくれる人もいた。目をかけてくれる人もいた。

自分なりに努力もしたが、決して運に見放されていたわけではない。恵まれていると思うこともあったというのに。

──お菓子ってそういうものじゃないでしょう？

妻のしのぶは夫婦になる前、そう言って、菊蔵の心を癒してくれた。そのことを話すと、安吉はほっとした様子で、

──お前にとって、お嬢さんは必要な人だったんだな。

と、言ってくれた。

しのぶや安吉のそういう心の寄せ方を、菊蔵は自分にとって掛け替えのないものだと思っていた。だから、迷いを捨ててしのぶの婿となる道を選び、以前店に迷惑をかけた過去を差し引いても、安吉に氷川屋へ戻ってほしいと思ったのだ。

だが、新六菓仙を作った職人があの梅太郎だと教えられた途端、心のどこかで蓋がはじけ飛び、かつての屈辱と恨みの念があふれ出した。そして、周りの人の優しさや気遣いは、

（あの梅太郎が一鶴堂の親方になる）

という事実を許しがたく思う気持ちを前に、影を潜めてしまうのだ。

もちろん、頭の中では、梅太郎が親方になろうが、新六菓仙を作ろうが、自分とは何の関わりもないと分かっているのだが……。

「……若旦那」

誰かの声がしたのは分かっていたが、自分が呼ばれていると思わず、考えにふけっていたら、

「おい、菊蔵さん。菊蔵」

と、耳もとで大きな声を出された。我に返ると、目の前にいたのは辰五郎である。

「親方、どうしてここへ……」

この日の仕事はすでに終わり、菊蔵は自分の住まいへ戻って、すでに夕餉を済ませた後であった。とはいえ、何を食べたのか、しのぶとどんな言葉を交わしたのか、まったく思い出せない。思い出せないといえば、上野山の茶屋から氷川屋までどうやって戻り、その後、厨房でどんな仕事をしたのかもまったく覚えていなかった。安吉から一鶴堂の話を聞いた記憶を最後に、すべてのことがぼんやりしている。

「お前の様子がおかしいって、若おかみが心配して知らせに来たんだよ。わざわざ俺のとこまで足を運んでくださったんだぞ」

辰五郎が気がかりそうな眼差《まなざ》しを向けながら言った。

「俺は別に……」

菊蔵は言いかけたが、「別にも何もあるか」と辰五郎から言い返された。

「若旦那の様子がおかしいことにゃ、俺も厨房で気づいてたよ。一度、用事があるって出ていった後のことだったな」

商いの悩みもあるだろうが、差し支えなければ話を聞こうと、辰五郎は続けた。

菊蔵が得意先の挨拶回りなどで厨房を抜けることもあったため、今回もその類《たぐい》の用事だと辰五郎は思っているようだ。それは勘違いだが、辰五郎を相談相手に選んだしのぶの眼力に、菊蔵は感謝した。

辰五郎は自分の店を出してすぐ、他ならぬこの氷川屋に商いの邪魔をされ、店を閉めることを余儀なくされた人だ。それから多くのことがあり、辰五郎は恨んでも余りある相手の店で親方をやっている。

（そういえば、親方がどんなふうに心の折り合いをつけたのか、俺はちゃんと聞いたことがなかったな）

親方になることを承知して氷川屋へ入ってきた時、辰五郎はすっかり割り切っているふうに見えた。氷川屋には、辰五郎の店の妨害役を果たした奉公人もいたのだが、辰五郎はいっさい追及しなかった。一癖も二癖もある氷川屋の主人勘右衛門《かんえもん》に対しても、恨みがましい態度など見せず、嫌みの一つを言うでもなく、うまく付き合っている。もちろん、今では勘右衛門も辰五郎をたいそう大事にしているのだが……。

「あの、親方に聞いていただきたい話があります」

菊蔵は居住まいを正し、思い切って言った。

「ああ、遠慮なく話してくれ。若おかみはしばらく母屋の方に行っているそうだ」

できた嫁さんだな、とからかうように辰五郎は笑った。

「はい。俺にはもったいない人ですよ」

菊蔵が応じると、「よく言ってくれる」と辰五郎はさらに笑う。菊蔵の気持ちは和らぎ、ずいぶんと楽になった。

「今日、安吉に会ってきたんです」

と、菊蔵はさらりと告げた。

「へえ、安吉に……？」

辰五郎は思いがけないことを聞いた、という表情を浮かべている。

「厨房を抜けて申し訳なかったんですが、安吉には大事な頼みごとをしていて、その返事をくれると思ったもんですから」

「安吉に頼みごと？」

辰五郎はますます不思議そうな顔つきになった。

「実は、江戸へ帰ったらうちへ来てほしいって頼んでいたんです。今回はあいつも京へ戻る予定だから、その先の話なんですが……」

「へえ、安吉をねえ。まあ、その頃にゃ、俺も氷川屋を去っているかもしれないし、若旦那の思う通りにすればいいんだが」

「今日は返事をもらえなかったんですが、もしかしたら断られるかもしれません」

「それって、安吉には決めた道があるってことかい？」

照月堂に戻る話でも出ているのかと、首をかしげる辰五郎に、「いえ」と菊蔵は続けた。

「あいつ、もしかしたら京に骨を埋めるつもりかもしれないなって、俺は思いました。長門さまとかいう坊ちゃんを、えらく尊敬しているみたいでしたんで」

「へえ、あの安吉が京にねえ」

と、辰五郎は少し驚いた声を上げる。

「親方に挨拶したいと言っていましたので、親方は今、うちの店の敷地内で寝起きしていると伝えておきました。本郷の方にはあまり帰っていらっしゃらないんですよね」

「まあな、時には様子を見に行かなけりゃとは思うんだが、つい忙しくてね。ま、あっちは照月堂のご隠居さんが時折、風を通しに行ってくれているから」

安吉のことは心に留めておこうと辰五郎が言い、話が一段落すると、菊蔵は表情を改めた。今ならばきちんと話せそうだ。

「その時、安吉から聞いたんです。一鶴堂と照月堂の菓子を競わせるっていう話を――」

菊蔵は六菓仙と新六菓仙との対決について、かいつまんで話をした。

「安吉は果林堂の使者として一鶴堂に行き、そこで新六菓仙を作った職人に会ったそうなんです」

「まさか、重蔵親方さんだったのかい？」

辰五郎は氷川屋の元親方の名を出した。

「いえ、そうじゃなくて、梅太郎という職人でした。昔、俺の実家の店にいた……そいつは間もなく一鶴堂の親方になることが決まっているんだそうです」

一気に告げて、菊蔵は口を閉ざした。

「……そうか」

と、辰五郎はふうと息を吐いた。

「その話を聞いて、若旦那は動じちまったっていうわけか」

辰五郎は納得したようにうなずき、それから腕組みをして「うーん」と唸《うな》り出す。

「競い合いには、照月堂の旦那さんに勝ってほしいと思います。俺には関わりのない話だって、自分でも頭では分かっているんですが……」

「いや、そうたやすく割り切れる話じゃねえと思うよ」

と、辰五郎は声を和らげて言った。

「ここんとこじゃ分からねえってことだろ」

辰五郎は自分の胸のあたりを示しながら言う。

「よかったら、若旦那のそこにあるもやもやを、ぜんぶ吐き出してみるといい」

と、今度は菊蔵の胸のあたりを指して、辰五郎は告げた。

「聞いているのは俺だけだ。氷川屋の大旦那や若おかみにも言わねえからさ。俺なら差し支えることなんか何もねえだろ」

気さくな調子でかけられた言葉が、重苦しい塊を吐き出すきっかけを与えてくれた。

「……悔しいんです」

自分でも意外に思うほどするっと言葉が飛び出してきた。

「話を聞いて、俺、悔しかったんですよ。梅太郎が一鶴堂の親方になるのも、梅太郎と大勝負をするのが俺じゃないってことも」

「そうかい」

としか辰五郎は言わない。菊蔵はさらに言葉を重ねた。

「俺は自分が梅太郎と勝負して、あいつを叩《たた》きのめしてやりたいんです。二度と立ち上がれないくらい。この江戸で菓子を作れなくなるくらい。女房は菓子とはそんな気持ちで作るもんじゃないって、俺に言いました。俺はその言葉を正しいと思うし、女房の気持ちをありがたいと思っているんです。それなのに、どうしても……」

「ぜんぜん間違っちゃいないと思うよ」

辰五郎は穏やかな声で言った。

「親方は氷川屋を恨んでいてもおかしくない人です。なのに、かえって氷川屋を助けていらっしゃる。どうしてそんなに情け深いんですか。どうしたら、憎い相手に対してそんなふうに優しくできるのか、俺は教えてもらいたいです」

突っかかるような言い方になってしまった。そんな物言いをされる謂《いわ》れのない相手に申し訳なく思いつつ、菊蔵の口は止まらない。

「そうだなあ」

と、辰五郎はのんびり受けた。

「若旦那の目にどう見えるかは別として、俺だって観音さまじゃないんだからさ。もうすっかりわだかまりがないかって言われりゃ、それは分からねえよ」

「そう……なんですか。いや、それが当たり前だと思いますけど」

辰五郎の内心にはわだかまりなどないように見えていたから、菊蔵は少し意外だった。

「わだかまりってのは、なかなか消えねえもんだよ」

辰五郎は菊蔵の心に寄り添うような調子で言った。

「梅太郎や重蔵親方がしたことは、それまで世話になっていた菓子屋への裏切りだ。職人の腕がどうこう言う前に、義理はどうしたって言いてえよな」

「……」

「奴らは裏切り者だ。若旦那が恨んで当たり前の相手なんだよ」

そう言われると、何か違うような気がして「けど……」と菊蔵は口を開いていた。

「いいんだ。若旦那は間違っちゃいない」

と、辰五郎はなだめるように言った。

「けど、恨み続けたって何にもならねえことも知っているだろ」

と、続けて訊かれ、菊蔵はうなずく。

「俺だって、氷川屋を恨めしく思う時はあったさ。そんな時、氷川屋が痛い目に遭って、今の大旦那さんが俺の前に頭を下げてきた。その時、俺は『いい気味だ。もっと苦しめ』ってな具合に考えたと思うかい？」

菊蔵は首を横に振った。

「親方はできたお人ですから、そうは思わないでしょう。思っていたら、氷川屋の親方の仕事を引き受けたりしないでしょうし」

「そりゃあそうだ。けどよ、いい気味だって思わなかったのは、俺ができた奴だからじゃねえ。不思議なもんでね。いざ、その場になったら、そんな気にならなかったのさ」

「……」

「負けてられるか、痛い目を見せてやるって気持ちは、弱っている自分を奮い立たせるためのもんなんだよ。自分以上に相手が弱ったら、消えてなくなっちまうんだ」

「そういうもんですか……」

「若旦那もたぶんそうだろうと思うよ。負けられねえって思うのはいいんだ。そうやって負けずにきたから、今の若旦那がある。そう思う自分を無理に打ち消そうとすれば、それだけで疲れちまうからな」

「でも、それじゃあ、俺はいつまでも恨みを抱えた嫌な奴になっちまいませんか」

「嫌な奴……ねえ」

辰五郎はそう言うなり、声を上げて笑い出した。

「若旦那は、そういう人を嫌な奴って思うんだな」

改めて言われると何やら恥ずかしくなり、「いや、現に俺は自分が嫌いですし……」と、菊蔵は呟いた。

「じゃあ、そう思っている若旦那のために、少し厳しいことを言わせてもらう」

辰五郎の顔から笑いが消えたことに気づき、菊蔵は背筋をぴんと伸ばした。

「腕のある職人を引き抜くのは、別に悪いことじゃねえ。それから、少しでも自分の腕を買ってくれるところで働きてえってのは、職人の当たり前の望みだよ」

ごくふつうのことを言われていると分かるのだが、どういうわけか、新鮮な言葉を吹き込まれた気がした。

「若旦那は店を営む側に立つんだから、こういうことも頭に入れておくべきだ。厳しいことを言えば、若旦那の亡くなったお父つぁんも、そうでなけりゃいけなかったんだよ」

そう言われて、菊蔵は気づいた。自分はいつでも「職人を引き抜かれる側」でしか物事を見ていなかった、ということに。引き抜く店や引き抜かれる職人の立場から、ものを見ていなかったのだ。

「梅太郎って人が義理を欠いていたのは確かだろう。けど、若旦那の生家の店に、梅太郎を引き留めておく力がなかったのも事実だ。そうなっちまったら、店の主《あるじ》はその理由をしっかり考え、立ち直っていくしかねえんだよ」

確かに厳しい言葉であったが、菊蔵の心にまっすぐ届く。辰五郎はさらに言葉を継いだ。

「重蔵親方を引き留められなかったのは、氷川屋の大旦那の責任だ。大旦那が理由をじっくり考えてみたかどうかは分からねえが、立ち直ろうと努力した。ふつうなら下げられねえ頭を俺にまで下げて、店を立ち直らせようとした。それは大したことだと思う」

「俺の生家が立ち直れなかったのは、親父にその力がなかったから、ということですね」

そう尋ねた時、自身でも驚くほど静かな声が出た。

「厳しいことを言えばそうだ」

辰五郎はきっぱりと言う。

「そして、若旦那が負けるものかと歯を食いしばってこられたのは、立ち直る力があったからだ」

と、辰五郎の言葉は続けられた。

「照月堂が一鶴堂と競い合いをして、仮に照月堂の旦那さんが梅太郎を負かしたとしても、それはそれ。若旦那は若旦那で、梅太郎に勝負を挑めばいい。そう願い続けていりゃ、いつかは機会もめぐってくる。その前に梅太郎が力尽きたら、それもいいじゃねえか。俺がこう言うのも、若旦那が菓子作りで梅太郎を負かそうとしているのが分かるからだよ。たとえば、梅太郎に手を上げたり、罠《わな》にはめたりなんて考えているなら、それは違うと言ってやるけどね」

それは考えたこともないだろ——と続けて、辰五郎はにやっと笑った。

「そうですね」

菊蔵もまた口の端を和らげた。

胸に巣くっていた怒りは消えたわけではない。負けるものかという気持ちは今もふつふつと煮えたぎっている。

だが、それに蓋をするのはもうよそうと、菊蔵は思った。それはいつでも取り出して、自分の力として使えばいい。氷川屋に身を置き、しのぶがそばにいて、辰五郎の今日の言葉を忘れずに、自分は精進していくのだ。今は、素直な心持ちでそう思うことができた。

四

菊蔵のいる離れを出た辰五郎は母屋にいたしのぶに、菊蔵はもう大丈夫だろうと小声で告げ、

「大旦那さんにちょっと話をしたいんですが」

と、持ちかけた。しのぶはすぐに勘右衛門に伝えてくれ、その後、辰五郎は主人の部屋へ通された。

「菊蔵の様子を気遣ってくださったそうで、お手数をおかけしましたね、親方」

勘右衛門は辰五郎が座るとすぐに言い、

「あれと何か行き違いでも？」

と、探るような目を向けてくる。勘の良さは今も健在なのであった。

「いえ、そんな話じゃないんですよ」

と、辰五郎はのんびりと答えた。

「実は、若旦那が小耳に挟んだって話をお聞きしていたんです。照月堂と一鶴堂に関わる話だったもんでしてね」

「何、照月堂さんと一鶴堂――？」

両店《りょうだな》の呼び方に明確な区別をつけ、勘右衛門は訊き返した。

「大旦那さんは、照月堂の六菓仙と一鶴堂の新六菓仙について、ご存じでしたか」

「ああ、そのことなら聞いていますよ。どっちも目にしたことはありませんがね」

そんなやり取りの末、辰五郎は両店の競い合いの話が出ているらしいと、勘右衛門に伝えた。

「ほほう、競い合いですか」

勘右衛門はらんらんと目を輝かせて言った。

「やる前から勝負は見えていますがね。愚かな一鶴堂が身の程知らずにも、勝負に挑もうとしているのが気に入りませんな。照月堂さんはどんと打ち倒してやればいいんですよ」

「ははあ……」

辰五郎は適当に受け流した。

「しかし、照月堂さんはどうしてさっさとご返事をなさらないのでしょう。これをお断りする理由など考えられませんな」

「確かに、照月堂にとって悪い話じゃないはずです。けど、旦那さんのことだ。何か考えもおありなのでしょう。それに、あそこもなつめさんが去って、旦那さんを助けているのは見習い一人と聞いていますし」

「何、そういうことなら、この氷川屋が力をお貸ししようじゃありませんか。何だったら、辰五郎親方が照月堂の旦那さんのお手伝いに入ったらいかがです。もともとお弟子でもあったんだし、問題ないでしょう」

勘右衛門は鼻息を荒くして言う。

「いや、氷川屋に身を置く私がお手伝いするのは、さすがに筋違いですよ」

辰五郎は苦笑しながら首を横に振った。

「しかしですね、親方。一鶴堂にゃ、重蔵を引き抜かれて痛い目を見させられましたからね。私としても、一矢報いてやりたい気持ちでいっぱいなんですよ」

「大旦那さんのお気持ちは分かります」

辰五郎は目を伏せて答えた。

「そうだ。私が照月堂の旦那さんを説き伏せましょう。そういうことなら、自信もあります。何せ、うちへ来てくださるよう、辰五郎親方を説得したのはこの私ですからな」

勘右衛門は自信たっぷりの表情を浮かべた。明日にでも照月堂へ乗り込んでいきかねない勢いである。

「あ、いえ。大旦那さんをわずらわせるわけにはいきませんよ。おっしゃる通り、私は照月堂の旦那さんの弟子でもありますから、競い合いをどんなふうにお考えなのか訊いてみようと思います。お許し願えれば、一度、照月堂へ行ってきたいんですが」

辰五郎が本題の話を持ちかけると、

「それはもう、どうぞ行ってらしてください」

勘右衛門はすぐに応じた。

「考えを訊くなんて遠慮されてないで、照月堂さんをしっかり説き伏せてきてください。この話を断るなんぞ、愚かの極みだとね」

「はあ。まあ、大旦那さんのお言葉はちゃんとお伝えしておきます」

「私はいつでも照月堂さんの後押しをさせてもらいますからね。そこんところもちゃんとお伝えしてきてくださいよ」

勘右衛門の強い勧めもあり、辰五郎は久々に照月堂を訪ねていくことになった。

翌日、久兵衛の都合を訊きに小僧を遣わし、三日後の夕方と日時が決まると、辰五郎はそのことを上落合の泰雲寺にいる安吉にも知らせてやった。

安吉の都合がよければ、久々に顔を合わせることもできるだろう。菊蔵の話から受ける感じからすると、以前とは少し変わったようだが、どんなふうになったものか。辰五郎は再会の時を楽しみに思った。

当日、辰五郎は厨房の仕事を早めに切り上げ、照月堂へ向かった。安吉からもその日は照月堂へ顔を出せると返事が来ている。

辰五郎が氷川屋へ入ってからは、文太夫を除き、照月堂の人々とは顔を合わせることもなくなっていたから、皆と会うのも久々であった。

(旦那さんやご隠居さんはどうしておられるか。三太《さんた》は腕を上げたか。坊ちゃんたちも大きくなっているかもしれないな)

そこに、なつめだけがいないのかと思い至り、改めてなつめが照月堂を辞めたのは残念だったと、辰五郎は思った。

（なつめさんが職人になりたいと言ってきた時、旦那さんも俺も端《はな》から相手にしてなかったってのにな）

結局、なつめはその道を貫き、久兵衛も辰五郎も後押しする形になった。今では、このままになってしまったら惜しいと思っている。

（文太夫さんの話じゃ、職人になる道はあきらめていないって話だった。俺はなつめさんの兄弟子なんだから、今後の相談に乗ってやらなけりゃならないんだよな）

いざとなればいつでも頼ってくれと、安吉になつめへの言づてを頼もうと思いつつ、辰五郎は照月堂に到着した。表口ではなく、裏庭に続く枝折戸《しおりど》を開けて中へ入ると、井戸端で洗い物をしている小さな人影がある。

初めは三太かと思ったが、一瞬の後、久兵衛の長男の郁太郎《いくたろう》であることに気づいた。

「郁坊ちゃんですかい？」

辰五郎が驚いて声を上げると、

「辰五郎さんだ」

郁太郎は濡《ぬ》れた手のまま立ち上がって笑顔を見せた。辰五郎は急いで郁太郎のもとへ駆け寄った。

案の定、記憶の中の姿より背も伸び、体も大きくなっている。しかし、何より驚いたのは郁太郎が厨房の手伝いをしているということだった。

「郁坊ちゃん、もう修業を始めたんですか」

「うん。まだ片付けしかやらせてもらえないけど、洗い物はうまくなったんだ」

郁太郎は心持ち胸をそらして言った。

「安吉お兄さんとなつめお姉さんも来ているよ。今はあっちにいる」

と、仕舞屋《しもたや》の方を示して言う。

「え、なつめさんも来ているのか」

辰五郎が目を瞠《みは》ると、「うん」と郁太郎はこぼれんばかりの笑顔になってうなずいた。

「辰五郎さんが来ると聞いて、じっとしていられなかったんだって。亀次郎《かめじろう》と富吉も大喜びしてる」

「郁坊ちゃんもあっちで二人と話したいだろうに。今日は手伝いはいいって、旦那さんは言ってくれなかったのか」

「おいらがやるって言ったんだ。お父つぁんも三ちゃんも仕事してるんだし、おいらだけ怠けるわけにはいかないよ」

「けど……」

「辰五郎さんも行って。おいらもこれが終わったら、あっちへ行っていいって言われてるからさ」

それなら俺が手伝ってやるよ——と口の先まで出かかった言葉を、辰五郎は呑《の》み込んだ。

自分の倅《せがれ》でもなければ、弟子というわけでもない子供を、勝手に甘やかすわけにはいかない。久兵衛には久兵衛の育て方があるのだろう。

「それじゃあ、あっちで待ってるからな」

辰五郎は言い置き、仕舞屋の玄関口へと進んだ。

「ごめんください。辰五郎が参りました」

声をかけると、「はあい」というおまさの懐かしい声がして、「辰の字《たつじ》が来たあ」という亀次郎の声と共に、ばたばたとにぎやかな出迎えを受けた。

とりあえず玄関まで迎えに出てくれたおまさに挨拶し、亀次郎と富吉の頭を撫《な》で、その後ろでにこやかな笑顔を浮かべている市兵衛《いちべえ》に深々と頭を下げる。

なつめと安吉も皆の後ろに顔を見せていたが、亀次郎がまとわりついてくるので、ろくに言葉も交わすことはできず、二人との挨拶は客間へ通されてからとなった。

「辰五郎さん、お久しぶりでございます」

なつめが両手をついて頭を下げる。その傍らでは安吉もややぎこちない様子ながら、丁寧に頭を下げ、

「ご無沙汰していました。今日のこと、わざわざ知らせてくださってありがとうございます」

と、挨拶した。

「ああ、若旦那からお前のことを聞いたからさ」

辰五郎は二人に笑顔を向け、改めてそれぞれの様子を眺めた。

なつめについては、了然尼の病や照月堂を辞めたことで気落ちしていなければいいがと案じていたが、杞憂《きゆう》だったようだ。明るく和やかな表情を浮かべている様子に、まずは少しほっとした。

安吉に至っては三年以上会っていなかったわけで、やはり顔つきなども変わったふうに見える。

「京の菓子司《かしつかさ》の方々と一緒に来たんだってな」

「はい。今はそろって、了然尼さまのお寺でお世話になっています」

「もうしばらくこっちにいるんだろ」

「はい。本当は辰五郎さんへのご挨拶に、氷川屋へ伺わなきゃいけないんですが……」

「まあ、店に入りづらい気持ちは分かるが、氷川屋も変わった。菊蔵さんが若旦那になったし、俺みたいなのが親方なんだからな。お前が出入りしても、冷たい目を向けるってことはないと思うぞ」

菊蔵が安吉に戻ってほしいと願っていることを踏まえ、辰五郎はそう告げた。安吉は困惑した表情を浮かべている。

「まあ、無理はしなくていいさ。俺ともこうして再会できたわけだしな」

それから、ここで働き始めたというおそのと引き合わされた。おそのの夫琳太郎《りんたろう》とは、ほんの一時だが、一緒に働いていた時期が重なっている。琳太郎のことは何となく覚えていたが、口にはしなかった。

それより、おそのと安吉が前に同じ長屋で暮らしていたという話を聞き、辰五郎は驚いた。おそのは子供がいないそうで、安吉との再会をこの上もなく喜んでいるらしい。亀次郎と富吉もおそのに懐いており、おまさも助かっているという話であった。

そんな話をふんだんに聞かされているうちに、いつしか時は過ぎていき、やがて郁太郎が、続けて久兵衛と三太が仕舞屋へやって来た。

辰五郎が三太との再会を果たしたのを見澄まして、

「店の方の客間で話そう。店を閉めたら、番頭さんと文太夫も交えて話ができるからな」

と、久兵衛が言い出した。

「それじゃあ、安吉となつめさんも一緒にいいですかね。二人とも知っている話だと思いますんで」

辰五郎がそう告げると、久兵衛は二人に目を向け「いいだろう」と答えた。

五

久兵衛は辰五郎の話が競い合いにまつわることだと察していたようだ。辰五郎は事情を知った経緯《いきさつ》を話した上で、

「氷川屋の大旦那が気を揉《も》んでましてね。一鶴堂に一矢報いてほしいと思っていらっしゃ

るようでした」

と、勘右衛門の様子も伝えて苦笑した。

「ご自分で説得に行くと言い出しかねない勢いでしたんでね。それなら、俺から事情をうかがってみると言って、引き留めたんですよ」

「そうか」

と、久兵衛も笑っていた。

「いや、北村先生からのお話だからな、俺の方で断れる筋合いじゃねえ。お引き受けする心づもりではいたんだ」

そう答えた後、このことは氷川屋の若旦那も知っているんだな、と久兵衛は尋ねた。

「はい。いろいろと思うところはあったようですが、競い合いについては氷川屋の大旦那と同じ考えでしょう。二人とも、旦那さんの勝利を疑っていないようでしたね」

ところで旦那さん——と、辰五郎は真面目《まじめ》な顔つきになって切り出した。

「この話を受けるとなれば、こちらは人手が足りなくなるんじゃありませんか」

久兵衛からの返事はなかったので、辰五郎はさらに続けた。

「競い合いとなりゃ、入念な準備や集中して取り組むための段取りが必要でしょう。そっちに取り組む間、店を閉めるわけにもいかない。といって今は俺もお手伝いできません」

「もちろん、余所《よそ》の店の親方に手伝わせるなんざ、考えてねえよ」

「氷川屋には修業中の連中もいるんで、そいつらを回したいと言えば、氷川屋の大旦那は喜んでお貸しすると思うんですが……」

「それも一鶴堂の耳に入りゃあ、難癖をつけられる恐れがある。氷川屋さんの評判に傷をつけることにもなりかねねえ」

久兵衛はしかつめ顔を横に振る。それは十分にありそうなことだと、辰五郎にも予測できた。

しかし、この人手の問題を何とかできなければ、競い合いを引き受けることもできないだろう。そう辰五郎が思っていたら、

「お前がこいつらを同席させたのは、この話を聞かせようという魂胆だろ」

と、久兵衛がにやりと笑ってみせた。安吉となつめが互いに顔を見合わせている。

「お見通しでしたか」

辰五郎は苦笑した。

「まあ、安吉は京の店に身を置いていますが、江戸の店じゃないだけに何とかなるかな、と――。なつめさんは了然尼さまのお加減次第なんでしょうが」

「安吉は難しいだろうな」

と、久兵衛は困惑気味の安吉をちらと見て言った。

「この話は北村季吟先生から持ち込まれたが、案を出したのは果林堂の坊ちゃんだ。おそらく判定人もなさるだろう。その果林堂の職人に手伝わせたとなりゃ問題が起きる」

「そうなりますか。となりゃ、頼みの綱はなつめさんか」

辰五郎が目を向けると、なつめは神妙な表情を浮かべていた。

「俺もそれを考えていたんだ」

と、久兵衛がすかさず言う。

「だが、いろいろ手伝ってもらうとなりゃ、数日は来てもらうことになる。上落合から通うのはやはり大変だろう。若い娘のことだし、了然尼さまだってご心配になるはずだ」

久兵衛が口を閉じた後、辰五郎は「なつめさんはどう思うんだい？」と尋ねた。

「叶《かな》うのならば、ぜひやりたいです」

なつめは顔を輝かせて言った。辰五郎が相変わらずだなという眼差しを向ける。なつめはそれに気づくと首をすくめてみせた後、少し落ち着いた声になって続けた。

「今の了然尼さまのご容態は、案じるほどではございません。ですので、お手伝いしたい気持ちはやまやまですが、通いの件については了然尼さまにご相談させてください。ご心配をかけずに通える目途がつけば、お引き受けいたしたいと存じます」

なつめの返事に久兵衛がうなずいて話が一段落した時、店の片付けを終えた番頭の太助と文太夫が部屋へ入ってきた。三太から皆がこちらにいることを聞かされたという。

「ああ、辰五郎さん。久しぶりですな」

太助は破顔して辰五郎の前に座った。

「番頭さんもお元気そうで何よりです」

辰五郎は六菓仙と新六菓仙の競い合いのことを聞き、久兵衛の意を尋ねに来たのだと伝えた。

「おや、もう辰五郎さんのお耳にまで届いていましたか」

　太助は少し得意そうな顔を浮かべた。久兵衛が勝つのは間違いなく、これで六菓仙の評判も上がると見越しているようだ。

「旦那さんがお引き受けするご意向と聞いて、まずは安心したところだよ。氷川屋の大旦那が気にしちゃってね。ぜひ引き受けてもらいたいと意気込んでいてさ」

「氷川屋の大旦那には関わりのない話でしょうが」

　太助は急に鼻白む。

「まあ、そう言わないでくださいよ。今じゃ、すっかり照月堂さんのお味方のつもりでいるんですから」

「相手が一鶴堂の時だけでしょ。あの大旦那の場合は――」

　と、太助が言い、まったくその通りだと、皆で笑い合う。

　ひとしきり笑った後、太助はふと改まった表情になると、「ところで、旦那さん」と言い出した。

「競い合いはぜひお力を尽くしていただきたいところですが、旦那さんがそちらにかかる間、店はどうなさるおつもりで？」

「お屋敷から注文を受けることもあると存じますが、そちらはいかがいたしましょう」

　と、文太夫も続けて尋ねた。

「店の方は、なつめに頼めるかもしれん」

久兵衛は、なつめが上落合から通える算段さえつけば、手伝いを頼むつもりだと答えた。

「それでしたら、駕籠《かご》を使ってもらいましょう。金はもちろんこちらで持ちます。駕籠がつかまらない時は、この文太夫に上落合のお住まいまで送らせますんで」

太助がひどく熱心な口ぶりで言い、文太夫もぜひそうさせてもらうと続けた。

「いえ、お仕事が終わった後の文太夫さんに、そんなわけにも……」

なつめが恐縮すると、「それなら、俺が迎えに来ますよ」と慌てて安吉が言い出した。

「泰雲寺でお世話になっているんですから、それくらい当たり前です」

おや、こんな気働きができる男だったかと、辰五郎は内心で驚きながら安吉を見つめた。

気がつくと、久兵衛と太助の二人も、意外そうな目を安吉に向けている。

文太夫や安吉の付き添いの件も含めて、了然尼に相談するということで話が前向きに進むと、

「いやいや、大舞台が迫ってまいりましたな」

と、太助がたいそう気負った調子で言い出した。まるで自分が競い合いに臨むかのごとき様子である。

「一鶴堂に引導を渡してやるのはともかくとして、この機を逃さず、うちの六菓仙を世に知らしめませんと」

「ああ。やるからには万全の形で臨み、勝ちを取りにいく」

久兵衛は力強く言い切った。

「六菓仙は一応の形が出来上がっちゃいるが、できるなら、先日知ったばかりの寒天もうまく使ってみたいと思っているんだ」

寒天菓子を果林堂の面々がもたらした話は、つい先ほど仕舞屋で聞いたばかりである。果林堂でさえまだ発展途上であるという寒天を、早くも競い合いで使ってみたいと言う久兵衛に、辰五郎は改めて感心した。なつめと安吉の二人も、久兵衛の意気込みに打たれたような表情を浮かべていた。


その日、上落合村へ戻ってすぐ、なつめと安吉は了然尼に帰宅の挨拶をし、照月堂での報告をするついでに、なつめが照月堂を手伝う話が出たことを告げた。なつめが通うことに懸念があると伝え、太助や安吉からの提案も打ち明けると、

「皆さまがお助けしてくださるなら、おすがりしてええのやおへんか」

と、了然尼はなつめに告げた。なつめが久兵衛の手伝いをしたいと願っていることについては、疑ってもいないようである。

「大休庵の慶信尼殿も、御用の際はいつでも庵《いおり》を使うてほしいと言うてはりましたえ。念のため、慶信尼殿にもご意向を伺うておきまひょか」

なつめはありがたく思いつつ、よろしくお願いしますと頭を下げた。

了然尼のもとを下がると、安吉は長門の部屋へ挨拶に行くという。なつめが久兵衛の菓

子作りを手伝う件も話すというので、なつめも一緒に出向くことにした。

「ただ今、帰りました」

襖口《ふすまぐち》で声をかけた安吉が、なつめも一緒であることを告げると、中へどうぞという返事である。部屋へ入ると、中には与一と政太もいた。

これまで何をしていたものか、畳が見えないくらい数多くの紙が散らばっており、なつめは驚いた。が、安吉は見慣れているのか、さして驚いたふうもなく、

「あ、また東西菓子番付《とうざいかしばんづけ》をなさってたんですか」

と、訊いている。

「東西菓子番付……?」

聞き慣れない言葉に、なつめは首をかしげた。

「あちこちの菓子屋の菓子を東西に分けて競わせ、勝負を決めてるんどす」

長門がなつめの問いに答えた。

「東西に分けて競わせる?」

なつめはなおも首をかしげながら、訊き返す。この部屋で長門らが菓子を食べた形跡はない。畳の上に散らばった紙に目をやると、「氷川屋」とか「煉《ね》り切り」といった言葉が目に飛び込んできた。なつめが「え」と一枚の紙に目を留めると、

「新旧六菓仙の競い合いが行われた時に備えて、長門さまが判定の修練をなさっておられるんだよ」

安吉からの説明があった。

「修練……？」

「そない大したもんやおへん。ただの遊びや」

と、長門が安吉の言葉を打ち消した。

「これは、どのように判定をなさっているのですか」

長門に問うと、

「基本は江戸に来てから食べた菓子の味を思い出しながらやってます。たまに、京の菓子も含めてますけどな」

たとえば——と、長門はなつめが目を留めていた紙を取り上げ、

「氷川屋の菊花の宴と一鶴堂の菊花の宴。これは、同じ菓子やさかい比べやすうおした」

と、答えた。長門が紙を差し出した紙を受け取ると、氷川屋の方に大きく「勝」と書き込まれている。ただ、それだけではなく「見た目同じ。一鶴堂にやや技の長ありか。味はひ、氷川屋に一日《いちじつ》の長《ちょう》あり。よって東、氷川屋の勝ち」と、やや小さめの文字で書き込みがある。ただ、勝ち負けを決めるだけではなく、その理由もしっかり付けるということのようだ。

面白くなって、さらに別の紙を見せてもらおうと周囲を見回していたら、また氷川屋の文字が見つかった。長門の許しを得た上で読ませてもらうと、今度は「氷川屋の栗そぼろと果林堂の女郎花《おみなめし》」の勝負であった。「勝」の文字は西の果林堂の方に付けられているが、

その字が先ほどよりも大きいのは愛嬌《あいきよう》というものであろう。

「色合ひ、細工、見栄えのよさ、果林堂勝る。味はひ、言ふに及ばず。氷川屋、そぼろの舌触りわろし」

氷川屋が負けを喫した理由が書かれていた。

「勝ち負けを付けるだけやと、何がよくて何が悪いか、伝わらへんし、依怙贔屓《えこひいき》してると思われるのも癪《しやく》や。せやさかい、しっかとした理由を付けて、後から文句を言われんようにしてるんどす」

長門の言い分に、なるほどとなつめが感心していたら、横から安吉が口を開き、

「ま、理由なんてなくたって、長門さまに文句をつける奴なんていないですけどね」

などと言い出した。ずいぶん気が利くようになったと思えるのに、余計な一言を言う癖は相変わらずのようだ。

与一と政太がすっかり白けた眼差しを安吉に向けたので、なつめは安吉が不憫《ふびん》になった。が、本人はやっちまったという表情を一瞬浮かべたものの、引きずるふうもなく、

「こうした判定を書き溜めていらっしゃるのも、絵草紙屋さんから頼まれたからなんだ」

と、なつめに向かって言う。

「絵草紙屋さん?」

思いがけない話に目を瞠ると、

「あての素性を聞きつけたとかいう、どっかの絵草紙屋のご主人が先日、わざわざここま

で来はったんどす」

と、長門が安吉の言葉を継いで説明した。

「京橋《きょうばし》の八雲堂《やくもどう》さんですよ」

安吉が横から口を添える。

「せやせや。その八雲堂のご主人が何でも番付を出したい言わはりましてな。その話の前から、あてらは遊び半分で菓子の甲乙を付ける遊びをしてたんどすが、この話を受けるからにはちゃんとやらなあきまへんやろ。それに、競い合いの判定をすることになるかもしれへんし……」

と、そこで長門は、安吉が照月堂から帰ってきたことに思い至ったらしく、

「そういえば、照月堂の旦那はんは競い合いについて、どない言うてはった?」

と、安吉に尋ねた。

「はい。北村先生へのご返事はまだのようですが、お引き受けするとおっしゃっていました。ただ……」

と、照月堂の人手が足りないこと、なつめが手伝うことになったが通うのが大変であることなどをついでに語る。安吉がなつめの迎えに行くという案については、「ええやないか」と長門はすぐに言った。

「お嬢はんの護衛には少々頼りないけど、お世話になってるご恩返しにそのくらいしぃ。安吉一人でご心配なら、与一と政太も付けますさかい、遠慮せんと言うとくれやす」

長門がなつめに向かって提案し、与一と政太は神妙な顔で承知する。

「皆さまにそんなことをしていただくなんて、とんでもない」

近くに住む尼君の庵に泊めてもらえるかもしれないし、ここから通うとしたら安吉には世話になるかもしれないが、それ以上はお気遣いなさいませんように、となつめは言い添えた。

「競い合いがほんまに行われるとなれば、あてもいよいよ判定の技を磨かなあかんな」

長門は張りのある声で言い、与一と政太、安吉は喜んでお手伝いすると意気込んでいる。

「新旧六菓仙のことは置いといて、絵草紙屋の番付は秋から冬の菓子がええそうや。なつめお嬢はんがお勧めの菓子はありますやろか」

長門から話を向けられ、なつめは懸命に頭をめぐらした。かつてしのぶと食べ歩きをした思い出もあるが、あれは春の頃だったから、今回の求めには合わない。

「思いつくものというと、ほとんどが照月堂のお菓子になってしまいますが」

「それでええどす。場合によっては、果林堂の名で注文させてもらいまひょ」

今の照月堂は屋敷の注文も受けているから、応じてもらえるだろう。

「冬というと、やはり〈六花園《りっかえん》〉が思い浮かびます」

なつめはそう答え、六菓仙にちなんで作られた冬の菓子で、久兵衛の力作だと伝えた。六花園という名は、北村季吟と付き合いのある柳沢保明《やすあきら》からいただいたという話も付け加える。

「ほう、それは楽しみどすな」

と、長門はいつになく弾んだ声で言った。

六

暦が十月を迎え、季節は冬を迎えた。〈元祖六菓仙〉対〈新六菓仙〉の競い合いはこの月の十五日に予定されている。

十月五日からの十日間、なつめは照月堂の厨房に入った。

たすき掛けの紐《ひも》を結び、白い前垂れを着けた瞬間、気持ちが引き締まる。

「よろしく頼むぞ」

久兵衛の短い挨拶と、「お帰りなさい、なつめお姉さん」という三太の笑顔で、緊張はほぐれ、喜ばしさが込み上げてきた。ああやはり——と、なつめはしみじみ思った。やはり厨房はいいものだ、と。

どんな形であれ菓子作りをしていきたいとは思っていたが、やはり菓子屋の厨房で仕事をするという充実に、勝るものはないという気がする。照月堂で働き続けるのはもう無理なこととわきまえていたが、それならば、それに代わる道を探していこうとなつめは改めて思った。

店に出す菓子作りは、久兵衛、なつめ、三太で分担しながら行い、片付けには郁太郎も加わる。久兵衛は一通りの作業に目を通し、ある程度をなつめたちに任せられる段階に至ると、その合間を縫って六菓仙の試作に励んだ。

その折には、寒天を扱うこともあり、店の菓子作りが終わった後など、三太や郁太郎と一緒に見学させてもらうこともあった。物を問うことなどできる状況ではなかったが、時には久兵衛の方から「試してみろ」と菓子を食べさせてくれ、感想を求められることもあった。それはたいてい葛《くず》や寒天を使った菓子であった。

六菓仙の中で主に葛を使っていたのは〈唐紅《からくれない》〉〈春雨《はるさめ》〉である。

(旦那さんはどちらかの葛を寒天に替えるおつもりかしら。それとも、別の菓子に新しく寒天を加えるおつもりかしら)

どの菓子もすでにすばらしい形で完成されていただけに、これを作り変えるのはかえってよくないのではないかとなつめは思った。実際、葛を寒天に替えたり、新たに寒天を足したりした菓子の中には、そう感じざるを得ない品もあった。

「寒天は駄目だと思ったら、正直に言っていいんだぞ」

久兵衛は弟子たちにざっくばらんに言う。なつめたちは顔を見合わせたものの、それぞれ正直な感想を述べた。葛の柔らかな舌触りに対し、寒天のすっきりした歯ごたえ、花曇りの空のような優しい葛の色合いに対し、山の清水を見るように透き通った寒天——それらがそれぞれの菓子において、どう作用しているか、皆で考えを言い合い、疑問を出し合った。郁太郎も子供なりに考えを述べ、久兵衛は誰の言葉をも真剣に聞いていたが、この菓子にはぜひとも寒天を使うべきだと、皆の考えが一致することはなかった。

「それでも俺は今回、一つは思い切って寒天を使った菓子を作るつもりだ」

と、久兵衛は言う。

それは、たとえその菓子で勝ちを譲ることになってもいい、という考えなのか。勝負は六回あるのだから、一つ負けても全体で勝てる自信があるということか。なつめが思いめぐらしていたら、

「勝負をする以上、勝ちを取りにいくと俺は言った。その気持ちは変わらねえよ」

と、久兵衛はにやっと笑ってみせた。

「けど、果林堂の坊ちゃんがもたらしてくれた寒天っていう新しい食の材を、世間に知らしめるってのも大事なことだからな」

「旦那さんは今回の競い合いを、そのよい機会とお考えなのですね」

「坊ちゃんも言ってただろう。〈宝船《たからぶね》〉の寒天菓子はあれで完成じゃねえって。菓子は一度作ったらそれで終わりってもんじゃねえんだよ」

「もっといいお菓子を作ろうと、いつもいつも考えてるってことなんだね。お父つぁんも長門さまも」

郁太郎がまっすぐな目を久兵衛に向けて問う。

「俺たちだけじゃねえ。心ある職人は皆そうだ」

久兵衛が郁太郎を見据え、力強く言葉を返す。その眼差しがやがてなつめに注がれ、三

太にも注がれた。

（私たちは今、旦那さんの心意気を見せていただいているのだわ）

その心意気を自分も受け継いでいきたい、どんなことがあっても――。なつめは高揚する心のままに思った。だが、一方で頭の中は妙に冷静でもあった。そのために、自分は今、多くのことを学べる大事な場にいるのだと思う。久兵衛の技、ひらめき、気構え……その菓子の道がどういうものか、余すところなく知りたい。いずれ自分の菓子の道を見出すその糧《かて》とするためにこそ。

こうして十日の間、なつめは久兵衛の六菓仙の試作を間近で見ながら、忙しくも充実した時を過ごした。口に出さずとも、三太や郁太郎が同じ心持ちであることは分かる。

初めのうちこそ、安吉に迎えに来てもらいながら上落合村から通っていたなつめだが、最後の三日は大休庵に泊めてもらった。少しでも長く、久兵衛の菓子作りを見学したかったからである。そんななつめを、慶信尼は快く受け容《い》れ、陰ながら支えてくれた。

そして、あっという間に十日は過ぎ、競い合い当日の十五日。

久兵衛は改良を加えて作り上げた六菓仙を、北村季吟の屋敷に自ら届けた。

この日、北村家における茶会はいつもと違った趣向となっている。客人たちは茶室ではなく、大広間に通された。参席したい人は誰でも招き入れる体裁なので、季吟の友人や弟子たちの他、菓子屋の主人や番頭、親方といった人々もいる。来た人から順に茶が振る舞われた。

久兵衛となつめもその人々に交じって、席についている。この日の席上では、店の主人や職人の披露目などはなく、北村家の側で用意した亭主役が競い合いの差配を務めることになっていた。その亭主が客人たちに菓子の披露目もするというので、久兵衛は事前にそれぞれの菓子の特色や工夫のあり方などを、書状にしたためて差し出している。

照月堂からは、久兵衛の他に太助と文太夫が参席していた。果林堂の与一、政太、安吉も近くの席に顔をそろえている。

氷川屋からは、主人の勘右衛門と菊蔵、辰五郎が訪れ、久兵衛のもとへ挨拶に来た。

（菊蔵さんとこんな形で再び会うことになるなんて……）

最後に会ったのは、菊蔵が照月堂の職人になるのを断った時のことになる。あの時、菊蔵は実家である喜久屋の餡《あん》を作れたとなつめに告げ、それを渡してくれた。その後、菊蔵がしのぶの婿になると聞いた時の衝撃は、決して小さなものではなかった。

もしかしたら、もう二度と会えないかもしれない。どんな顔をして会えばいいのか分からない。そう思っていた時もあるというのに、今の気持ちは不思議と落ち着いていた。

「これはこれは、照月堂さん。この度は大いに期待しておりますぞ。なあに、あなたが負けることなど、私はこれっぽっちも考えちゃいません」

周りに遠慮するどころか、むしろ聞かせるような大声で、勘右衛門が挨拶する。その傍らで、菊蔵は静かな目を久兵衛に向け、黙って頭を下げた。その眼差しがゆっくりとなつめに流れてくる。

一度瞬《まばた》きしてから、菊蔵はなつめを見つめた。なつめは息を詰め、菊蔵を見つめ返す。一瞬の後、菊蔵はわずかに顎《あご》を引き、なつめから目をそらした。

見つめ合っていたのはほんのひと時のことだ。が、なつめは菊蔵から「達者でよかった」と言われたような気がした。

なつめは満ち足りていた。今日ここへ来て、菊蔵に会えてよかったと素直に思える。次はもう、菊蔵としのぶが一緒にいる姿を見ても、自分は動じないでいられるはずだ。菊蔵やしのぶと会わなくなってからの日々は、それだけのものを自分に与えてくれたのだと、なつめは知った。

久兵衛はすっかり勘右衛門につかまってしまい、なかなか逃れられそうにない。その間に、辰五郎と菊蔵は安吉から、与一と政太と引き合わせてもらっていた。

なつめは文太夫と、広間の中をぐるりと見回した。相手側の一鶴堂もどこかにいるはずだが、その主人や梅太郎の顔は知らない。菓子屋ふうの人々も多く見えたので、どこにいるか分からなかったのだが、ややあって文太夫がそっと耳打ちしてきた。

「あの鶴紋の羽織を着ているのが、おそらく一鶴堂のご主人と思われます。傍らにいるのが、よくお得意さま宅で鉢合わせした一鶴堂の手代さんですから」

ひと時、文太夫を悩ませていた一鶴堂の手代の顔を、なつめたちは初めて見た。

「愛想よく笑っていますがね、ああいうのが抜け目ないんですよ」

太助が誰にともなく小声で呟いた。近くにいる初老の男が梅太郎かと思われる。菊蔵の

方をちらと見ると、梅太郎に気づいたふうながら、特に顔色を変えることもなく、なつめはほっとした。そうするうち、

「これはこれは、果林堂さん」

と、与一らのもとへ四十がらみの男が近付いてきた。

「ああ、絵草紙屋のご主人はん」

与一が応じたのを耳ざとく聞きつけ、「何、絵草紙屋？」と勘右衛門が太い首を向ける。

「今日は長門さまへのご挨拶は厳しいでしょうかねえ」

八雲堂の主人は与一らに向かって言い、

「へえ。今日の長門さまは判定役どすさかい。あてらも引き離されてしもて、気を揉んでるんどす」

と、与一が応じた。

「ま、あの長門さまならご心配はいらないでしょう。万事、うまくやり遂げられるに決まっていますよ」

「そりゃ、そうどすな」

長門を褒め上げられて、まんざらでもなさそうに与一は受けた。

「そうそう。江戸菓子舗番付も出そろってきましたんで、そろそろ彫りと摺《す》りの準備に入りますがね。今日の競い合いについても、それとは別に読売を出そうかと思いましてな。今日はそのために押し掛けたというわけです」

「何ですって。江戸菓子舗番付？」

大きな声で、八雲堂の前に進み出たのは勘右衛門である。この話は照月堂の人々にも伝えてはいなかったから、久兵衛も何のことかと注目し、辰五郎と菊蔵も大いに気になる様子であった。

「おたくはどなたです？」

八雲堂は身を乗り出してくる勘右衛門から身を退き、訊き返した。

「私は上野の菓子屋、氷川屋の主ですよ。今、江戸菓子舗番付と言いましたか」

「ああ、氷川屋さんでしたか。あたしは京橋で八雲堂という絵草紙屋をやっていましてな。お聞きの通り、今度、江戸菓子舗番付を出す予定でね、果林堂さんにはお力をお借りした次第です。何せ京の菓子司、それも主果餅《くだもののつかさ》の柚木家のお方とあっちゃ、信用が違いますからねえ」

「で、その江戸菓子舗番付とは何なんです。番付といえば相撲でしょうが」

「その番付を、菓子でやろうっていうんですよ。ま、こんなことを思いついたのは、この八雲堂が初でしょうけどねえ」

八雲堂は得意そうに鼻をうごめかして言う。

「なるほど。番付にして店の名を売るというわけですか」

思いつきませんでしたなあ、と迂闊《うかつ》さを悔やむように、勘右衛門は呟いた。が、途端に気を取り直すと、

「して、そこに載せてもらうには、幾らくらい入用なんですかな」

と、八雲堂にさらに身を近付けて問う。八雲堂は顔をしかめた。

「何を言ってるんですか。あたしゃ、金なんぞで動きゃしませんよ。番付の順位は厳正に菓子の出来で決まります。ま、しかし、今回は氷川屋さんの菓子も載ると思いますよ。順位はともかく、ああいうものは載るだけで違いますからね。期待していてください。売り上げにも跳ね返ってくると思いますよ」

これ以上問いかけられてはたまったものではない、とばかり、八雲堂は勘右衛門から逃げるように離れていった。

勘右衛門に続いてぜひとも挨拶しようと身構えていた太助は、肩透かしを食ってしまい、ふくれている。肩透かしを食ったと思っているのは勘右衛門も同様で、八雲堂を追いかけていきかねない表情だったが、「まあまあ、大日那さん」と辰五郎が止めた。

「氷川屋の菓子も載せてくれそうですし、いいじゃないですか。あの手合いは、いくら突いても何もしゃべらないもんですよ」

「しかし、載ればいいというもんじゃない。順位によって、字の大きさだって違うだろう。そのあたりをもう少し口を割らせられないものか」

なおも言い募る勘右衛門を、辰五郎と菊蔵がなだめ始め、久兵衛は勘右衛門から解放された。

「なつめさんは番付のお話、何か聞いていないんですか」

太助が声を潜め、なつめに訊いてくる。

「長門さまがお話を持ちかけられたとは聞いていましたが、中身については……」

小さく首を横に振った。照月堂の菓子については本当に知らないから答えようもない。むうっと考え込んでいたが、長門が氷川屋や一鶴堂をどう評価したかなど、少しは知ってい
しまった太助に、文太夫が「おじさん、今は目の前の競い合いですよ」と耳打ちする。太助は久兵衛をちらと見た後、文太夫に目を戻して「お前の言う通りだな」と反省した様子で言った。

一人になった久兵衛は、季吟と長門のために用意された前方の空席をじっと見つめたまま、不動の姿勢である。

「この競い合いに勝てば、番付の順位だって上がる」

太助は自らに言い聞かせるように小声で呟いた。

その時、客席から見て左前方の襖が開いて、羽織姿の上品な男が現れた。

「あ、湖春《こしゅん》さまです」

と、文太夫の口から声が上がる。北村季吟の息子の湖春で、照月堂を訪れたこともあり、文太夫は特に馴染みがあるという。客人たちの間のざわめきが消え、皆がそれぞれに居住まいを正した。

「皆さま、本日は当家に足をお運びくださり、ありがたく存じます。父季吟に代わりまして、厚く御礼申し上げます。なお、本日の席上では、この湖春めが事を運ぶ役を申しつか

りました」

湖春の挨拶の後、新旧六菓仙の競い合いが行われることの説明、それぞれの菓子を作った照月堂と一鶴堂の説明があり、続けて、両者の菓子の組み合わせが発表された。

これは、両方の菓子を知っている北村季吟が、入念に考え抜いた末、決めたという。

六菓仙の〈唐紅〉に対して、新六菓仙の〈拾穂《しゅうすい》〉。

以下同じく〈乙女《おとめ》〉に〈あけぼの〉。

〈山風《やまかぜ》〉に〈山《やま》の井《い》〉。

〈桜小町〉に〈湖月《こげっ》〉。

〈蛍《ほたる》〉に〈埋木《うもれぎ》〉。

〈春雨〉に〈師走《しわす》の月《つき》〉。

すべて発表されると、判定役を務める季吟と長門がやはり左前方の襖口から現れた。

「競い合いの判定人を務めます季吟と、京の菓子司果林堂の柚木長門殿にございます」

湖春の紹介に合わせて、二人は客人たちと向かい合う席に座り、頭を下げた。羽織姿の長門は若いながらも風格があり、季吟と並んで座っても、堂々と落ち着いて見える。

そして、いよいよ〈唐紅〉と〈拾穂〉の食べ比べが始まった。季吟と長門に菓子が供され、その間、使用人が客人たちの席を巡り歩いて、盆に載せた菓子を披露する。客人たちも、件《くだん》の菓子を見て楽しむことができる趣向であった。

「〈唐紅〉は鮮やかな紅色の煉り切りを葛で包んだ一品で、澄明な水を湛《たた》えた竜田《たつた》川《がわ》を彩る紅葉を表しております。その銘は言わずと知れた在原業平の歌『ちはやぶる神代も聞かず竜田川唐紅に水くくるとは』より採られたもの。一方、〈拾穂〉もまた、紅葉の煉り切りで、〈唐紅〉よりは若干暗みのある紅色をしておりましょうか。〈唐紅〉のように葛で包むことはなく、煉り切りそのものを味わう一品となっております。その銘は北村季吟の『伊勢物語拾穂抄』より採ったもの。『伊勢物語』といえば在原業平の一代記でございまして、両菓子が組み合わされたのも道理とご納得いただけましょう」

湖春の説明が滑らかに続く。客人たちはその説明を聞きながら、菓子を味わう季吟と長門を眺め、ほほうと声を上げたりしているのだが、絵草紙屋の八雲堂の主人だけは、ひたすら筆を動かしていた。湖春の説明を少しでも多く書き取ろうとしているようだ。

やがて、季吟と長門が皿を置くと、湖春が二人のもとへ行き、判定を聞き取る。それぞれの応酬が終わると、湖春が席に戻って客人たちに頭を下げ、判定を告げた。

「〈唐紅〉と〈拾穂〉については、両者とも〈唐紅〉に勝ちを付けました」

客人たちから「おお」という声が上がる。なつめと太助は思わず「旦那さん」と声を放ってしまった。

「照月堂とはこれまで知らなかったが、あの一鶴堂を下すとは……」

「一鶴堂の大勝ちとはならぬかもしれませぬな」

などと、意外そうな声でささやき合う客の声も聞こえてくる。声が静まったところで、湖春がおもむろに口を開いた。

「いずれも紅葉の煉り切りでございましたが、〈唐紅〉は色、味ともによい。また、水の流れを葛で表した工夫も効いており、煉り切りと共に食べることで、さらに味わいが深くなる。これが勝ちの理由でございます」

続けて、〈乙女〉と〈あけぼの〉はどちらも雲をかたどった煉り切りという共通点があったが、これも照月堂の〈乙女〉の勝ちとなった。

〈山風〉と〈山の井〉は菓銘の相似から掛け合わされたそうだが、これも照月堂の〈山風〉の勝ち。

六つの菓子で三つの勝ちを収めた以上、照月堂の負けはない。

「これは番狂わせだ。もっと競るかと思っていたが、このまま照月堂がすべて勝つなんてことにもなりかねないぞ」

と、八雲堂は言いながら、ひたすら筆を持つ手を動かしている。本人は小声で呟いているつもりのようだが、周りの者には丸聞こえであった。競る面白さがないのなら、いっそのこと、照月堂が大勝ちしてくれた方が読売は売れる。そんなことまで呟いているものだから、風流な勝負ごとを金儲《かねもう》けなどに使いおって、と爪弾《つまはじ》きする声も聞かれた。

「いやあ、見ているだけでは心もとない。ぜひとも照月堂の菓子を食べてみたいですな」

「私は一鶴堂の〈あけぼの〉を食べたことがありますが、なかなか美味でしたぞ。それを上回る照月堂とはいかに」

照月堂を知らなかった客人たちの興味も、勝負が進むにつれ増していくようである。

（このまま旦那さんのお菓子がぜんぶ勝ちを収めたなら……）

負けないと分かってしまうと、望みはさらに大きくなる。四つ目の品定めで、なつめは思わず拳を握ってしまった。

「続いては、〈桜小町〉と〈湖月〉でございます。〈桜小町〉は『花の色はうつりにけりないたづらに我が身世にふるながめせしまに』から採られた桜の花の煉り切り。この度は新たな工夫を凝らし、それを寒天なるもので包んだ品に仕上げたとのことです。先ほどの葛で包んだ〈唐紅〉に趣向は似ておりますが、寒天は葛より透き通っており、桜の花は細かな細工までくっきりと見えております。一方の〈湖月〉は季吟の著作『源氏物語湖月抄』よりの銘。これは水羊羹《みずようかん》の上に丸い栗餡《くりあん》をのせ、湖面に映る満月を模しておりますが、何と栗餡の中には金沢《かなざわ》の金《きん》の屑《くず》が一欠片《ひとかけら》隠されているのこと。金は食べても差し支えないどころか、古くは薬として使われ、体にもよいそうです」

この説明に、客人たちの口から「まことの金とは、何と贅沢《ぜいたく》な」と驚きの声が上がった。

季吟と長門は客人たちの騒ぎにとらわれることなく、落ち着いて菓子を食している。金の屑についても躊躇《ためら》うことなく口に入れ、飲み込んでいた。

やがて、湖春が二人のもとへ行き、判定の時となった。

〈金を使った奇抜さに、お客さまたちの注意がいっている。〈桜小町〉は旦那さんがこれはと決めて、寒天を用いた菓子だというのに〉

桜小町は繊細な形に技の冴えが光り、煉り切りとしてすでに完成されていた。元の形のままで十分勝負できるのに、あえて寒天を加えたのは、桜の花の細かな細工を決して邪魔せず、むしろ際立たせてくれるからだ。そして、寒天を知らしめるのに絶好の機会と思えばこそ――。

北村季吟の考えた組み合わせは絶妙で、菓子の題材と見た目、菓銘の相似、古典のつながりなど、掛け合わせた理由が明確だった。そして、今回は新しい食材を使うという点から、両菓子をぶつけたものだろう。

（旦那さん……）

そっと久兵衛の方を見ると、久兵衛は腕組みをして、じっと目をつむっている。そんな久兵衛の姿に、すでに何かを見切った人の潔さを見出して、なつめは少し動揺した。だが、落ち着いて見直せば、その姿には何ものにも動じぬ強さがある。そして、揺るぎない菓子の道への使命感も備わっている。

やがて、湖春が席へ戻ってきて、結果を知らせた。

「両名ともに〈湖月〉を勝ちといたしました」

これまでよりももっと大きな驚きの声が客席にとどろいた。やがて、それが静まると、湖月の説明が始まる。

「〈湖月〉は月の雅《みやび》が見事に表され、それが『源氏物語』の雅と響き合う上、水羊羹と栗餡の味わいには調和も取れている。一方、〈桜小町〉の煉り切りは〈湖月〉の水羊羹に勝るものの、寒天と共に食した際の味わいが、どうしても〈唐紅〉より劣って感じられる。

いとは
〈唐紅〉の葛と煉り切りが見事なだけに惜しい。これが〈湖月〉を勝ちとする理由でございます」

これまで、勝ちの理由は説明されても、負けの理由はあまり述べられなかったのに、今回については負けた理由がくわしく解説された。しかも、金の屑にまつわる評価は一切ないのに、寒天への考察は述べられている。一般の客は別としても、ここにいる菓子屋の職人たちは、寒天という食材を心に留めたことだろう。

季吟と長門は久兵衛の真の意図を見抜いていたのではないか。その上で、寒天にはまだ研鑽《けんさん》の余地があると、久兵衛に伝えたかったのではないか。

いつの間にか腕組みを解き、目をしっかりと開けて湖春の言葉に聞き入っていた久兵衛には、そのことが分かっているようであった。

「さて、皆さま。これまで六菓仙の勝ちが三、新六菓仙の勝ちが一。次の判定で引き分け以上が出れば、六菓仙の勝ちとなります。残りは二つとなりましたので、ここは二回まとめて判定を付けてもらいまして、皆さまには同時にお知らせいたしたく存じます。どうか、ご了解くださいませ」

湖春の計らいにより、客人たちはしばらくの間、菓子を見たり説明を聞いたりしながら待つことになる。

やがて、〈蛍〉と〈埋木〉の皿、続けて〈春雨〉と〈師走の月〉の皿が客人たちの前に巡ってきた。

〈蛍〉は四角い煉り切りで片側が黄金色、もう半分が紫色をしており、黄金が蛍の光、紫が蛍に照らされた闇を表現している。〈埋木〉は黒い丸形の煉り切りで、表面に凸凹がついているのは埋もれた丸太を表しているからだろう。そこに小さな薄紅色の花の煉り切りが貼りついており、埋木に花が咲いたという趣向のようであった。

最後の勝負となる〈春雨〉は薄紅色の葛を細長く切って春雨を表し、それに透明の蜜をかけて味わう一品である。対する〈師走の月〉は黒糖入りの葛を使った吉野羹《よしのかん》で、中に白玉を浮かせて冬の凍える月を表現していた。

両店共に工夫と知恵を凝らした作りとなっている。

（旦那さんの〈蛍〉と〈春雨〉が負けるはずがないわ）

なつめの確信が揺らぐことはない。

太助の無言の闘志も文太夫の真剣な祈りもひしひしと感じられる。そんな周囲の緊張がいやが上にも伝わってくると、なつめも胸がどきどきし始めた。だが、この時に至っても、久兵衛はわずかな揺らぎも見せはしない。

やがて、季吟と長門が皿を置き、湖春との話し合いも終わった。

「皆さま、お待たせいたしました。すべての判定が出そろいました」

湖春が言い、客席はそれまでにないほど、しんと静まり返る。

「〈蛍〉と〈埋木〉は〈蛍〉の勝ち、〈春雨〉と〈師走の月〉は〈春雨〉の勝ち。特に〈春雨〉の薄紅色に染まった葛の透き通った美しさ、名のごとく優しき味わいはすべての菓子の中でも絶品という、判定人のお墨付きでございます」

なつめの周囲で、波がうねるように人々の声が上がった。

「旦那さんっ」

なつめも声を上げる。久兵衛はなつめに目を向けていた。どういうわけか周囲のざわめきがふっと消え、「ああ」と答える久兵衛の声だけが静寂《しじま》の中、響き渡るように聞こえた。

(旦那さんは今日ここで、ご自身の菓子の道を皆に示されたのだわ)

そして、また一歩先へ進んでしまわれた。でも、その背中をどこまでも追い続けていきたいと、なつめは思う。

「おめでとうございます」

なつめは手をついて深々と頭を下げた。その瞬間、目に熱いものが込み上げてきた。

第三話　最中饅頭

一

北村季吟の屋敷での競い合いが終わったその翌日、八雲堂の読売が売り出された。上落合の長門のもとへは八雲堂の主人が自ら届けにやって来た。

「駒込坂下町《こまごめさかした》の照月堂、大金星」

と、大きく摺《す》られている。その傍らに小さめの文字で「ただし、金の月には敗れたり」と書かれていた。

番付の体裁で、照月堂の六菓仙を東、一鶴堂の新六菓仙を西とし、それぞれの菓子の特色を説明、簡素な絵まで入れて紹介している。さらに、北村季吟と長門がどこをよしとし、どこを難としたのか、当日の湖春の説明におおむね沿った形で書かれていた。

「いかがでしょうか、長門さま」

八雲堂は長門の機嫌を取るように尋ねたが、その目には得意げな色が浮かんでいる。自分としては会心の出来栄えと思っているようだ。

「〈湖月〉は金沢の金《きん》を使ひしゅゑ、加賀《かが》さまへのご配慮か」

長門は読売の一部を読み上げた上、「何や、これ」と読売を放るように手から離した。傍らにいた与一が慌ててそれを受け止める。与一と政太、安吉の三人は一緒になって読売を覗《のぞ》き込んだ。

「あないなこと、湖春先生は一言も言わへんかったやろ」

長門は不機嫌そうな声を出したが、八雲堂は何らこたえていない。

「そこは、お口には出せぬ言葉を汲《く》み取ったわけです。このくらいの書き方ならお目こぼしされますしな。もちろん、季吟先生や長門さまが害をこうむることもございません」

ぬけぬけと八雲堂は言った。

「それに、腕前とは別の理不尽なことで負けたって方が受けがいいんですわ。照月堂さんの評判は上がる一方ですよ。いや、ぜんぶ勝つよりかえってよかったかもしれない」

調子よく回っていた八雲堂の口が、その時、はっと止まった。

「まさか、長門さま。そこまでお考えになって、あの勝負を付けられたんじゃ……」

と、長門の顔を覗き込む。

「あてはそないな駆け引きはせえへん。ただ菓子の出来栄えだけで決めさせてもらいました」

長門はそっぽを向いて言った。すかさず「八雲堂はん」と政太が口を開いた。

「長門さまが汚い大人みたいな真似《まね》、するわけないどすやろ。おたくやあるまいし」

眉間《みけん》に皺《しわ》を寄せた政太から、冷えた声で言われると迫力があるらしく、「いや、そういうつもりじゃ……」と八雲堂はしどろもどろになった。

「ま、そちらの読売は置いていきますんで、皆さんで楽しんでください。近々、江戸菓子舗番付も出しますから、またお届けに上がりますよ。今後ともご贔屓《ひいき》に」

それだけ言い残し、八雲堂はそそくさと帰っていった。

それから三日後、八雲堂は本当に江戸菓子舗番付を出したのだが、上落合まで届けに来たのは主人ではなく、見知らぬ手代《てだい》であった。

その手代が帰った後、長門たちが一通り目を通した番付を、安吉は急いでなつめに見せに行った。出くわしたお稲に居場所を訊《き》くと、了然尼の部屋にいるというので、そちらへ向かう。

「安吉ですが、なつめさんにお渡ししたいものがあり、こちらと伺ってまいりました」

声をかけると、了然尼の穏やかな声で「どうぞ」と言われ、なつめが中から戸を開けてくれた。

「差し支えなければ、中へお入りくださいとのことです」

了然尼の言葉を伝えられ、恐縮してしまう。

「そんな大したことじゃないんだけど……」

と、言いかけ、「いやいや、中身はすごいことなんだよ」と慌てて言い足す。なつめはふふっと笑って、とにかくどうぞと安吉を招じ入れた。

「お話し中のところ、申し訳ありません」

安吉は了然尼の前に膝をそろえて座り、頭を下げた。

「雑談をしていただけやさかい、気にすることはおへん」

了然尼の柔らかな笑顔は見ているだけで胸が温かくなる。痛ましい火傷《やけど》の痕《あと》はその度、必ず目に入ってくるというのに、どうこう考えることはもうなくなっていた。

「なつめさんに江戸菓子舗番付の読売をお渡ししようと思いまして。了然尼さまもぜひ御覧になってください」

安吉はそう言って、手にしていた一枚の紙をなつめに渡した。

「まあ、八雲堂さんが言っていたものですね」

なつめはその紙に興味深そうな目を向けたものの、先に了然尼に渡そうとした。

「なつめはんの方がよう分かってはるさかい、先に御覧なさい」

了然尼の言葉に、なつめは「はい。では、お先に」と明るい声で答えると、改めてじっくり読み始めた。

「江戸の菓子舗を東西に分けて、お菓子の名前が摺られていますね」

「東西の分け方は店の位置で決めてるらしい。日本橋の店なんかはぜんぶ西に入ってる」

安吉はせかせかした口調で、なつめに説明した。

「本当ね。西の横綱《よこづな》は日本橋の桔梗屋《ききょうや》さんだわ。京菓子の江戸店《だな》ですし、あそこの桜餅《さくらもち》は江戸でも人気ですから。でも、東の横綱はいないんですね」

これは、京菓子の桔梗屋を別格とする狙いと思われ、桔梗屋だけはあえてそうしているのか、菓子の名も記されていない。

「東の大関《おおぜき》が釣鐘堂《つりがねどう》の水羊羹《みずようかん》、西が常陸屋《ひたちや》の葛焼《くずや》き。どちらもお屋敷の注文だけを受ける菓子屋さんですね。食べたことがなくて残念だわ」

なつめはいかにも試してみたそうに呟《つぶや》いている。次は関脇《せきわけ》だと、安吉は息を詰めた。

「あっ！」

なつめの口から、驚きと喜びの声が上がった。

「東の関脇に照月堂の〈子たい焼き〉が入っているんです、了然尼さま！」

なつめが番付を了然尼の方に示して、声を弾ませる。

「関脇とはご立派なことやおへんか」

了然尼が番付に目を向け、にこやかな笑みを浮かべた。

「先日の競い合いもありますし、照月堂の名前は広く知られることになると思います」

安吉も口を添えた。

番付表は三段に摺られている。大関は東西一品ずつだが、関脇以下は複数の菓子が載せられており、小結《こむすび》、前頭《まえがしら》と下るに従って数も増していく。なつめは再び番付に目を戻したが、他の菓子にいちいち興味を持たれては先へ進まぬと、安吉は「東の前頭を見てくれよ、なつめさん」と促した。

「前頭ですね」

と、目を動かしていたなつめが、ある場所で一瞬息を呑《の》む。

「まあ、大変！」

なつめは先ほどに劣らぬ驚きの声を上げたが、そこにはしみじみと深い感動がこもっている。頰《ほお》を紅潮させつつ番付表に見入っているなつめは、しばらくそこから目を動かさなかった。その様子を見ながら、安吉は内心で快哉《かいさい》の声を上げる。

「どないしはりました」

了然尼の問いかけに顔を上げたなつめは、

「照月堂のお菓子がもう一つ載っているのです」

と、答えた。

「〈養生《ようじょう》なつめ〉が前頭筆頭に……」

菓子の名を口にした、その声が震えている。

「それはそれは」

了然尼はほのぼのと明るい声で言い、なつめにそっとうなずいた。

「養生なつめを拵《こしら》えたのは照月堂の旦那さんだけど、そのきっかけになったのは、なつめさんの持ってきた棗《なつめ》の実だったよな。俺も棗の実を使った菓子を作りたくってさ。いろいろやって失敗しちゃったけど……」

おまさが体の具合を悪くした時、蜜漬けにした棗の実を菓子にして食べてもらいたいと、なつめと二人、知恵を絞った時のことを、安吉は懐かしく思い出していた。

「そうそう。安吉さんが四苦八苦して、厨房《ちゅうぼう》がすごいことになってしまったんだわ。その後、旦那さんが養生なつめを作って、おかみさんが喜んで食べてくださって……」

「この銘を付けたのは、なつめさんだったろ。だから、思い入れもひとしおだろうと思ってね。急いで知らせたくて、お邪魔してしまいました」

最後は了然尼に目を向けて言い、安吉は頭を下げた。

「長門さまたちはもう目を通されてるんで、番付はゆっくり御覧ください」

そう言い置くと、安吉は了然尼の部屋を下がった。その足で、先日長門たちと拵えた寒天菓子を並べて乾かしている部屋へ回ろうとしたら、なつめが廊下へ現れた。一緒に見に行っていいかと訊くので、もちろんと答える。

「照月堂の旦那さんが〈桜小町〉で寒天を試されただろ。長門さまも触発されたのか、〈宝船〉以外の寒天菓子をあれこれ考えておられるんだよ」

その一つとして、煉《ね》り切りの中に寒天を混ぜ入れることも考えたらしい。

「あ、それなら、照月堂の旦那さんも試していらっしゃったわ。今回の競い合いにはお使いにならなかったけれど」

なつめも照月堂での手伝いの日々における見聞を口にし、二人は菓子の話で盛り上がりながら、寒天菓子を置いてある部屋へ向かった。

床に敷いた晒《さらし》の上に、琥珀《こはく》色の菓子が並べられている。

「本当にきれい。琥珀そのもののように見えるわ」

なつめは溜息《ためいき》を漏らした。その言葉を受け、

「琥珀菓子なんて名前で売るのもいいかもしれないな」

と、安吉が言うと、なつめはふふっと笑声を漏らした。

「安吉さん、今、果林堂の店前《たなさき》で売ることを考えてたんですよね」

「え、そりゃあ、これは果林堂の長門さまが拵えたものなんだし」

「それはそうですけれど、安吉さんにとって、真っ先に浮かぶ菓子屋が果林堂さんになったんだなって思ったの。照月堂でも氷川屋でもなくて」

なつめの言葉に、安吉はしみじみした心地で「確かにその通りだ」とうなずいた。それから、しっかりとなつめに目を据え、いつかは言おうと思っていたことを伝える。

「今の俺にはもう、果林堂で働く以外の道は……いや、長門さまのおそばで働く以外の道は考えられなくなったんだよ」

「たぶん、そうなんだろうなと思っていました」

と、なつめはいったん言葉を切ってから、続けた。

「そう心を決めたのには、きっかけがあったんですか」

「ああ」

安吉は躊躇《ためら》いのない口ぶりで答えた。

「もちろん、長門さまのすごさを実感したからだけど、それは今に始まったことじゃない。心が決まったのは……この間さ、思い切って親父に会いに行ったからなんだ」

「お父さまって、確か安吉さんのことを殴ったりして……」

気遣《きづか》わしげな目を向けるなつめに、安吉は「ああ、そうだよ」と穏やかな表情で答えた。

「おそのおばさんから、江戸にいる間に会いに行ったらどうかって言われてさ。親父が前の長屋に今もいるってことも調べてきてくれて……」

話を聞いてくれるかと問うと、なつめは「もちろんです」とうなずいた。安吉はなつめから目をそらし、息をふうっと吐き出すと、語り出した。


安吉が照月堂へおそのを訪ね、神田へ向かったのは二日前のことであった。

事情を正直に打ち明け、一日の暇《いとま》を願い出ると、長門は「早う行って来」とすぐに許してくれた。与一は「それがええ」と安吉の肩に手を置き、政太は黙ってうなずいた。皆が自分と父のことを気にかけてくれていたのだと、安吉は悟った。

それは照月堂でも同じで、おまさは「これ、うちの人から」と饅頭《まんじゆう》の包みを渡してくれた。父への手土産と分かったが、渡せるかどうか心もとなく思っていたら、

「渡せたら渡せばいいって、旦那さんが言っていらしたわ。無理はしなくていいのよ」

と、道中でおそのが声をかけてくれる。それを聞いた時、周りの人に気遣ってもらえる己を仕合せ者だと思い、安吉は目頭が熱くなった。

陰ながら様子をうかがってきたというおそのの話によれば、父は目を悪くしているらしい。安吉自身が恵まれた分の皺寄せが、父にいったということはあるまいか。そんなはずがあるかと思う一方で、それが事実のように思えてしまい、安吉は父が哀れになった。

どうしてこんな突飛なことを考えてしまったのだろう。父と己が結びついていると考えるほど、嫌なことはないというのに。少しでも早くその絆《きずな》を断ち切りたいとだけ、考えていたはずなのに。

悶々《もんもん》としてまとまらない考えを巡らせつつ、安吉は神田へと向かった。おそのはその間、安吉の考えを邪魔しまいとするかのように、ほとんど無言を通している。

やがて、かつて見慣れた長屋が現れた。建物は歳月の分だけ古びていたが、以前と変わらぬ懐かしい佇《たたず》まいである。安吉と父が暮らしていたのは西側の端から二つ目。その隣のいちばん端がおそのと琳太郎の住まいだった。

「あたしはすぐそこの通りで待っているから」

おそのはそれ以上付いてこようとしない。安吉は一人で長屋へ向かった。かつて殴りかかる父から逃れ、外へ転げ出た幼い日が思い出され、臆した気持ちになる。強張《こわば》りそうになる足を叱咤《しった》しつつ、どうにか戸口までたどり着くと、中から物音が聞こえてきた。

（お父つぁんがいる）

その途端、再び怯《ひる》んだ。思わず後ずさろうとすると、がらりと戸が開いた。

ぎょっとして足が動かなくなる。そこへ、老いた男が杖《つえ》をつきながらよろめき出てきた。

（えっ……）

思わず目を疑ったのは、相手が六十ばかりの老人に見えたからだ。父はまだ五十ほどの齢《よわい》であるはずなのに、こうも老けて見えるとは。

父の顔はゆっくりと安吉の方に向けられたが、その目が安吉の眼差《まなざ》しをとらえることはなかった。やがて、父の目は安吉からそれていき、父は杖をついて歩き出した。足取りはおぼつかない。二、三歩歩き出したところで、安吉は思わず駆け寄っていた。

「お手伝いしましょうか」

自然と声が出ていた。

「ああ、ご親切にどうも」

父は声を聞いても安吉と分からなかった。声変わりしたから無理もないかと思いつつ、安吉はどこに行くのかと尋ねた。

「米屋へね、行きたいんですよ。今日こそはどうしても行かないと、米櫃《こめびつ》が空っぽで」

場所は長屋を出て一本東に向かった通り沿いだと言う。明らかに連れていってもらいたそうな物言いだったので、「なら、ご一緒しますよ」と安吉は言った。

父は穏やかな笑みを浮かべ、ごく自然にもう一度礼を述べた。目が悪い老人に対し、親切にしてくれる人も多いのだろう。が、中には邪慳《じやけん》にする人だっているだろうし、そういう扱いを受ける父を想像すると、安吉はつらかった。

杖を持たぬ方の父の手を取り、二人で米屋へ向かった。米屋は馴染《なじ》みらしく、

「おや、源八《げんぱち》さん。今日は倅さんを見つけたんだね」

と、安吉の父の名を口にして言う。その物言いに思わずどきっとしたが、介添えをしてくれた若い男を「倅さん」と言っただけのことらしい。

やがて、父が買い物を終え、安吉は米袋を預かり、再び長屋まで付き添おうとした。

「お声からしてお若いとは思っていましたが、きっと私の倅くらいのお年なんですね」

その時、父が言い出した。

「ええと……。俺の……父親は、確かにあなたくらいですが」

安吉はしどろもどろになって答えた。

「お兄さんは優しい人ですね」

父は安吉に言った。

「いや、お、親父さんを助けてくれる人はたくさんいるみたいじゃないですか。さっきの米屋さんもそんなこと言ってたし……」

「そりゃあね、手を引いてくれる人はいないわけじゃない。けど、本当に優しいかどうかは、声や手で分かるんですよ」

父は妙に確かな口ぶりで言った。

「ご親切にしていただいて、さらにお願いをするのも恐縮なんですが、実は行ってみたいところがあるんですよ」

父は長屋へ向かう前に言い出した。

「ええと、近い場所ですか」

「上野なんでね。少しあるんですが……」

「そりゃあ、遠くはありませんけど、そのお体では……」

と、言いかけた安吉は負ぶってやれぬこともないかと思い直した。

「上野のどこへ行きたいんですか」

「実はね、上野の菓子屋に、倅が奉公に出ていまして……」

何気なく口にされた父の言葉に、安吉は凍りついた。

「これまで行ったことがないんですが、一度くらいは訪ねてみたくてね。できれば、饅頭の一つなりと食べてみたい」

安吉は父に言葉を返すことができなかった。

「……もうし、お兄さん？」

はっと気づくと、父が顔を自分の方に向けていた。さっきまで何を見ているのか分からなかった眼差しが、今はじっと自分を見据えているように見え、安吉はおののいた。

「……も、申し訳ありません。何かお手伝いできればと思うんですが、親父さんを上野までお連れする暇はないんです。長屋までお供することはできますが」

「ええ、ええ。いいんですよ。ちょっとわがままを言ってみただけですから」

と、父はすぐに前言を翻した。

「米屋の親父に『倅さん』なんて言われて嬉《うれ》しくなっちまって。お兄さんがご親切なもんだから、つい甘えたことを言っちまった。私は昔からこういう男でねえ。他人さまの優しさに付け込んでいるって、自分でも分かっちゃいるんだけど……」

反省の言葉を口にする父の手を引き、安吉は長屋まで戻った。米を父の言う通り竈《かまど》の脇の米櫃へ入れると、安吉の仕事は終わりだ。中をゆっくり眺める気も起こさず、外へ出ていくと、父は戸口のところに立っていた。

「ご親切に。ありがとうございました」

父は丁寧に言い、安吉に頭を下げた。安吉は自分でもどうしてか分からぬまま、父の手を再び取っていた。怪訝《けげん》な表情をした父の顔がまっすぐ安吉に向けられる。だが、安吉は父の手の甲ばかりを見ていた。骨ばって痩せた手――この手があんなにも強く、自分を叩《たた》いたり殴ったりした手なのだろうか。

――お父つぁん。

そう呼びかけることはできそうになかった。

「親父さん」

と、安吉は呼びかけ、父の掌《てのひら》に照月堂の饅頭の包みをのせた。

「これは……？」

と、父が掠《かす》れた声で尋ねてきたが、安吉は何も答えなかった。

「俺、もう少ししたら上京するんです。もう江戸へは戻らないかもしれないんだけど、親父さんもお達者でね」

安吉はそれだけ言うと、父に背を向けた。その目を再び見ることはなく、振り返ることもせず、大股でおそのが待っている通りまで急ぎ足で向かった。

――一方、安吉の父源八は戸口に佇んだまま、立ち尽くしていた。その傍らにそっと近付いた人影がある。おそのであった。包みを持つ源八の手に、自らの手を添えたおそのは、

「源八さん、あたし、おそのです。昔、お隣に住んでいた琳太郎の女房の――」

と、名乗った。

「おそのさん……？」

夜逃げ同然に逃げ出した夫婦のことは、記憶の片隅にあったようだ。次の瞬間、源八の全身がびくっと震えた。すべてのことが一つになって、腑《ふ》に落ちたのだろう。今、掌の包みから、餡《あん》の甘い香りが漂っていることにも察しがついたと思われる。

「源八さん、今のお人はね」

おそのは手に力をこめた。

「いや、おそのさん」

源八は急いでおそのの言葉を遮《さえぎ》った。

「何も言わんでください」

あいつの前で父親面《づら》をすることなんてできねえ――というふうに、源八は首を激しく横に振った。

「……いいんです、これで」

声を振り絞るようにして、源八は言う。

「仕合せに……なってくれって。どうか――」

伝えてやってください――最後は聞き取れぬほど掠れた声であった。聞き終えてしばらくしてから、おそのは手を離した。


「最後のくだりは、おそのおばさんから聞いたんだけどさ」

涙ぐんだ顔を見られまいと横を向くなつめに、照れくさそうに安吉は言った。

「安吉さん、つらかったでしょうに、勇気を出されたんですね」

「いや、お父つぁんの前では名乗ることもできなかった。けど、おそのおばさんの話を聞いて、今はあれでよかったって思えたんだ。お父つぁんと話しているうちに、自分がどうしたいのか、はっきり分かったしさ」

分かってはいたが決めかねていたこと――仮に江戸へ二度と戻ってこられなくとも、ずっと長門の下で働き続けたい。その気持ちを確かな言葉として引き出してくれたのは、意外にもずっと憎んでいた父親だった。

「肉親ってのはさ、うまく言えないけど……不思議なもんだと思ったよ」

縁を切りたいと願い続けてきたのに、切れなかった絆。憎しみだけでつながった絆。だが、それがほんの短い対面で、がらっと別のものになったりする。よくも悪くも、この絆は太く複雑に絡み合っているのだ。その思いをうまく言葉にすることはできなかったが、

「安吉さんのおっしゃること、分かる気がします」

なつめは顔を安吉の方へ戻すと、しみじみした声で言葉を返してくれた。

二

絵草紙屋八雲堂の主人が再び泰雲寺へやって来たのは、暦が十一月に変わった朔日《ついたち》のことであった。

「江戸菓子舗番付はお気に召していただけたでしょうか」

八雲堂は長門のもとへ挨拶《あいさつ》に来て、ほくほく顔で言う。前に競い合いの記述に関して長門の不興を買った過去など、すっかりなかったことにしているその態度には、さすがの安吉もあきれ返った。

「あれは長門さまのお力添えあればこそでして。世間の評判も大変ようございました。皆、あの番付を見てから菓子屋へ買い物に行くそうですよ。あそこに載っている菓子を買えば、間違いはないというんで、うちの読売も売れに売れましてな」

「長門さまがご自身で召し上がって下した判定なんや。信用が置けるに決まってますやろ」

政太が棘《とげ》のある口ぶりを向けても、八雲堂は相変わらずである。

「ええ、ええ。もちろんですとも。ですからね、うちとしちゃあ、これからも長門さまのお力添えをいただいて、読売を出していきたいわけでして。ああ、もちろん長門さまのご研鑽《けんさん》やお仕事の邪魔はいたしません」

揉《も》み手をして言う八雲堂に、長門はふんと言っただけだが、「やあ、ありがとうございます」と八雲堂は勝手に受け容《い》れてもらったことにしてしまった。

〈いや、すごいな。長門さまにあんな態度を取られたら、果林堂じゃご主人でさえ震え上がっちまうっていうのに〉

安吉は八雲堂の太々《ふてぶて》しさに感心した。が、長門の方も、八雲堂の相手をするのをさして嫌がるふうでもなく、あえてその言葉を否定するわけでもない。

八雲堂は続けて、競い合いの読売と江戸菓子舗番付が出たことで、照月堂の名が広く知れたことを、あたかも自分の手柄のように語った。武家屋敷の注文なども増え、さすがに人手が足りなくなって、新しい職人を試しに迎え入れたそうだ。何でも、久兵衛への弟子入りを望んできた職人が複数おり、その中から二、三選び抜いたという。

また、番付の前頭に〈柿しぐれ〉が載った氷川屋では、その注文が押し寄せたが、柿の季節が終わってしまったため残念がっていたらしい。同じ〈柿しぐれ〉を作っていた一鶴堂のそれは番付に載らなかったため、主人の勘右衛門は溜飲《りゅういん》を下げたのだとか。親方の辰五郎に、〈柿しぐれ〉に匹敵する冬の菓子を考案してくれと、せっついているという。

そんなことをひとしきり語り尽くした後、

「では、そろそろ本題に入らせていただきましょうか」

と、八雲堂は勝手に話を進め、懐から紙包みを取り出した。包みを開く音がし始めると、長門の目がそちらに吸い寄せられる。そうなると、安吉たち三人も興味を持って八雲堂の手の動きをじっと見つめた。

「長門さまも皆さまも、まずはこちらをどうぞ」

八雲堂は掌くらいの大きさの丸くて平たいものを取り出すと、まず長門に、次いで与一、政太、安吉にも配ってくれた。狐色《きつねいろ》をした薄焼きの煎餅《せんべい》である。

「あ、これは〈最中《もなか》の月〉じゃありませんか」

安吉は口もとをほころばせて言った。

「何やて。これが最中の月？」

長門の口から驚きの声が上がる。与一と政太も声こそ上げなかったが、驚きの表情を浮かべていた。その様子を観察するように見ていた八雲堂は、満足した様子でおもむろにうなずく。

「安吉さんは江戸のお生まれでしたな。そして、長門さまと他のお二方は京にずっとお暮らしで」

そのことを確かめると、さもあろうというように、八雲堂はもう一度うなずいた。

「江戸にけったいな最中の月という菓子があることは、そういや聞いてたわ」

と、長門がしげしげと煎餅を見つめながら言った。

「しかし、餅《もち》やのうて、煎餅が最中の月とは……」

与一は信じがたいといった眼差しで煎餅を見つめている。

「やはり、京では最中の月といえば、丸餅のことを言うんですな」

なるほどなるほどと、八雲堂は感心してみせた。

「いやね、江戸でも餅菓子の最中の月を売っている店があるとか。そんな話も耳にしたんですが、あたしが駆けずり回った限り、見つけることはできませんでした。京に本店がある桔梗屋さんでも訊いてみたんですがね、初めは丸餅の最中の月を売っていたそうなんですが、江戸では売れ行きが悪いってんで、作らなくなっちゃったそうなんですよ。それなら、餡を入れた鶉餅《うずらもち》の方が売れるってね」

「照月堂でも前は売っていたって聞きましたよ。でも、やっぱり売れなかったらしくて、ほら、皆さんも食べた〈望月《もちづき》のうさぎ〉に形と名を変えたんです。そうしたら売れ行きがよくなったので、もうあちら一本にしたそうですよ」

安吉は長門たちに説明した。

「妙なもんどすな。桔梗屋はんにしろ照月堂はんにしろ、味に間違いはおへん。最中の月かて、それなりのものを作ってはったはずやのに売れんとは……」

と、政太が首をかしげながら言う。

「それは、この菓子があったからやろ」

と、長門が煎餅を持つ手を軽く上げて言った。

「この煎餅が〈最中の月〉として知れ渡ってたさかい、同じ名前では売れんかったのや。

見た目と名前を変えた餅が照月堂はんで売れたのがいい例《ためし》や」

「しかし、最中の月は千年も前からあった菓子どす。源　順《みなもとのしたごう》さんのお歌から名付けられたわけどすし、京の最中の月がほんまもんやのに……」

与一は何となく納得がいかないようだ。

「江戸の最中の月は、確か吉原《よしわら》の店で売り出されたものなんですよね」

安吉が八雲堂に目を向けて言うと、「その通りです」と八雲堂が大きくうなずいた。

「まあ、吉原といえば、金持ちたちの道楽場所。金のない連中にとっては、憧れの町といったわけなんです。そこで作られた菓子を食べれば、吉原で遊べなくてもその風情だけでも味わった気分になれるんですな。そういったわけで、最中の月は今じゃ町中の煎餅屋でさかんに売られているわけなんですよ」

まあ召し上がってみてください――と、八雲堂は長門たちに勧めた。

「これは砂糖をまぶした上質なもので、砂糖なしのものも売っています。まあ、今回は長門さまに食べていただくわけですから、上等な方を持ってまいりました」

八雲堂が調子のよいことを言う。

（俺はこれを食べたことがあるけど……）

安吉は昔、おそのからもらった雑菓子の中に、この煎餅があったことを思い出していた。

当時は砂糖がちょっと載っているだけでうまいと思ったもので、サクッとした歯ごたえの菓子であった。しかし、それ以外にはこれといった特徴は感じられなかった。自分でさえそうなのだから、この菓子が長門たちを満足させられるとはとても思えない。

長門は妙な目つきで煎餅を見ていたものの、

「ほな、いただきます」

と、両手を合わせた後、菓子を割って四分の一ほどの欠片《かけら》をまず口に入れた。

表情を変えず、もぐもぐと口を動かしている。安吉も長門に続いて、最中の月を口に入れた。

ほのかに甘いのは砂糖そのものの味だ。煎餅は口に入れると、サクッとした食感だが、その後少しばかり歯に付く感覚が残り、やがて溶けてしまう。煎餅の味はあまりしないが、軽い食感はいかにも一夜の遊びに訪れた客の心持ちに合っているようにも思える。

四人が相前後して菓子を食べ終え、先ほどお稲が運んでくれた麦湯を飲んで一息吐《つ》くと、

「いかがでございましたか」

と、八雲堂は待ちかねた様子で長門に尋ねた。

「あかん。名前負けしとるわ」

長門はふてくされた表情で答えた。

「ははあ、やはりさようでございましたか」

納得した様子で呟く八雲堂に、「何やて」と政太が冷たい目を向ける。

「八雲堂はん、おたくは自分でもおいしゅうないと思うてる菓子を、長門さまに食べさせはったんか」

「いやいや、違いますよ」

八雲堂はぶんぶんと首を横に振った。

「あたしはこの最中の月、別段悪くないと思っていますよ。そりゃあ、茶席の主菓子《おもがし》と比べちゃお話になりません。けど、吉原でかしこまってお茶を点《た》てる人もいないでしょ」

子供の長門に向かって、吉原の話を聞かせるのもどうかと思わぬわけではないが、八雲堂は長門を子供とは思っていないようである。安吉にしても、吉原に行ったことがあるわけでなく、何となく口を挟み損ねているうちに、八雲堂の話は続けられた。

「遊びの席で食べるのは、上品な菓子でも腹を満たす菓子でもなくて、口の寂しさをまぎらわす菓子なんです。満腹になったりするのは無粋ですからね。軽く口に入れてすぐに溶けていくこの煎餅、そういう意味じゃ悪くないんじゃないでしょうか」

「ほほう、おたくの吉原談義を聞かせるために、長門さまにこん菓子を食べさせたということどすか」

政太が先ほどよりも冷えた声で問いただした。この時はさすがに八雲堂も慌てた。

「いやいや、余計なことを申しました。あたしが吉原の最中の月を悪くないと思うのはこういうわけだと言いたかっただけで、もちろん今日の本題ではありません。あたしはただ、長門さまにこれを食べていただき、京の最中の月と比べた上でのお話を、読売に書かせていただこうと思ったわけですよ。桔梗屋さんで売れなかった話や、さっきの照月堂さんの話なんかも含めましてね」

それで、うまくないのは分かりましたが、どういうふうにいけないのでしょう——と、八雲堂は長門に目を据えて訊いた。

「煎餅がぱさぱさやないか」

長門は顔をしかめて言った。

「はあ。まあ、煎餅は乾いているものですがね」

長門はじろりと八雲堂を睨《にら》みつけた。

「焼いてるのやから当たり前や。それでも、そこにぱりっとした食感や香ばしいにおい、しょっぱいなり甘いなりの味わいがあるもんやろ。これには何もあらへんやないか」

「砂糖をまぶしてますから甘いですが」

「そんなら、砂糖を舐《な》めてりゃええ」

「ははあ、言われてみれば確かにそうですね」

八雲堂は考えてみたこともなかったという表情で呟いた。

「つまり、江戸の最中の月は煎餅自体がよくないというわけですな。食感がぱさぱさで、味もない、と」

頭の中に言葉を刻み込むような調子で言った後、

「では、京の最中の月はいかがなんでございましょう」

と、八雲堂は訊いた。

「京の最中の月は、宮中で出された丸餅から生まれた伝統をそのまま守ったもんどす。中にも外にも余計なもんは入れず、餅の味わいだけで食べさせる品や」

「ところで、先ほど歌がどうのとおっしゃっていましたが、それもお教えいただけますでしょうか。しっかり読売に載せますんで」

と、八雲堂は懐から小さな帳面と矢立《やたて》を取り出して言う。長門が与一にちらと目くばせしたので、代わって与一が歌を口ずさんだ。


水の面《おも》に照る月なみをかぞふれば　今宵《こよい》ぞ秋の最中なりける

——水面《みなも》に照る月が真ん丸なのを見て、今日の日付を数えてみると、今夜は秋の真ん中の十五日、満月の夜だったのだなあ。

歌の意味まで与一に語らせ、八雲堂はそれをしっかりと書き取っていく。

「では、今日こちらでお聞きしたことは読売に書かせてもらってかまいませんな」

と、帳面から顔を上げた八雲堂は最後に訊いた。

「ちょっと待ってください。長門さまがおっしゃったって書くんですか」

安吉は慌てて口を挟む。

「そりゃあ書きますよ。果林堂の坊ちゃんと他の人じゃ、言葉の重みが違いますでしょうが。そこらの人が菓子を食べてどう感じたかなんて、誰も読みたくありませんよ」

「しかし、そんなふうに書けば、長門さまが江戸の煎餅屋さんをけなしたって思われませんか」

安吉はそこが気にかかったが、

「あては別にかまへん」

長門は平然と言う。

「ほら、こうおっしゃっていますし。第一、果林堂さんに楯突《たてつ》こうっていう菓子屋なんて、江戸にはありませんよ」

八雲堂はあっさりした口調で言った。

「でも……」

安吉はやはり心配である。長門はともかく、与一と政太も気がかりな表情を浮かべていた。その様子を見ていた八雲堂は、やがておもむろに口を開いた。

「今ちょっと思いついたんですが、こういうのはどうでしょう。どこをどう改めたらいいか、お示しいただくんです。京の菓子司《かしつかさ》の坊ちゃんが、江戸の菓子職人たちに教えを施してやるって塩梅《あんばい》ですな」

「改める、やて?」

長門が面白いという表情を見せて訊き返した。

「京の餅菓子がいいってことはもちろん書かせてもらいますけど、それだけだと、読む人の心に響かないかもしれません。読むのは江戸っ子なわけでして。それより、煎餅をこう改めたらうまくなるって書いてあれば、皆、喜んで読むと思うんですよ」

まるで初めからそのつもりだったような滑らかさで、八雲堂は告げた。

「でもね、八雲堂さん。長門さまは煎餅屋のお方じゃないんですよ。茶席の主菓子をお作りする老舗《しにせ》の……」

安吉は言い募ったが、「ま、ええ」という長門の言葉によって中断させられた。

「煎餅を改める策、考えてみてもええで。ただし、それが思いつくまで、今日の話は読売に書かんと約束してくれはるならや」

「もちろんお約束しますとも」

八雲堂は揉み手をしながらにこにこした。

「ほな、策がまとまったら、あんたの店へ安吉を行かせまひょ。それまでは待っとっておくれやす」

「はいはい。かしこまりました」

上機嫌で言い、残った煎餅は皆さんでどうぞと、こちらが欲しくもない菓子を押し付け、八雲堂はそそくさと帰っていった。

「また面白いことになってきたやないか」

八雲堂が去っていくと、長門は楽しげな口ぶりになって言った。

三

煎餅改良の策を練ることになった事情を、安吉がお稲に打ち明けると、庫裏《くり》の台所が空いている時は好きに使ってくれという返事であった。菓子作りの場所を得た果林堂の一行は、続けてその手順について話し合いを進めた。

「もともとまずいものをおいしゅうするには、どないな手順を踏めばええんどすやろ」

与一のような腕のある職人でさえ、困惑の表情を浮かべている。だが、長門はさほど困ったふうでもなく、

「与一、あんた、今の煎餅を作ることができるか」

と、落ち着いた声で尋ねた。

「捏《こ》ねた米粉を蒸して、丸い形にして焼くことなら、できると思いますが……」

形や大きさをそろえるためには焼き型があった方がいいという意向を受け、長門は安吉にその手配をするよう申し付けた。次に、長門の目は政太へと向けられた。

「あんたは餡作りや。あての注文通りに作ってもらいます。ええな」

弾かれたように「へえ」と政太が気合のこもった声を出す。

「長門さま、あの煎餅に餡を挟むお考えなんですね」

安吉は思いがけぬ新しい食べ方を示され、昂奮《こうふん》気味に問い返した。

「せや。まあ、どないな餡が合うかはこれからの話やけど。つぶ餡、こし餡の区別だけやのうて、栗餡《くりあん》やいんげん豆の白餡も試してみまひょ」

「それじゃあ、それらの豆も必要ですね」

「せや。あんたはお稲はんに訊いて、それらの調達もし。ああ、それから、与一。出来上がった煎餅に砂糖はまぶさんでええからな。また、煎餅の材料にあんたが加えたらええと思う粉があったら、いろいろ試してみてもええで」

「へえ。もっと軽めのサクッとした感じを出すのに、葛の粉と片栗《かたくり》の粉は試してみたいと思うていました」

　与一がすかさず言うので、安吉はひそかに恐れ入りつつ、

「豆と一緒に、それらの粉も用意します」

と、すぐさま応じた。

　それからは、安吉が材料の調達、与一が煎餅作り、政太が餡作りと忙しくなった。長門はその時々によって、煎餅と餡双方の菓子作りに携わりつつ、常に皆で味見をしながら改良を加えていく。

　そうして厨房を使わせてもらうようになって二日の後、

「ま、こんなもんやろ」

と、長門が言う一品が出来上がった。

　いわゆる江戸の最中の月の煎餅に、餡を挟んだ菓子だ。中身の餡は栗やいんげん豆では

なく、小豆《あずき》で拵えたものがよいと決まったのだが、つぶ餡とこし餡は好みによるだろうと、別々に作っている。

餡と一緒に食べることで、煎餅のぱさぱさした感じは改善され、味のない煎餅はかえって餡の味わいを引き立てるものとなった。また、与一の工夫により、片栗の粉を少し混ぜ、よりサクサクした食感も加わっていた。

出来上がったものは、ひとまず了然尼となつめに食べてもらうことになった。

「もう出来上がったのですか」

なつめは目を丸くしている。

「これが、江戸の最中の月を改めはったお菓子どすか」

了然尼は物珍しそうな眼差《まなざ》しを注いでいた。

「丸い煎餅を用いるところは、変わってへんのどすな」

「へえ。それを変えてしまうと、〈最中の月〉という銘も生きてきまへんさかい。二枚の間に餡を挟んだだけどすが、他にも工夫がございますので、まずは召し上がってください」

長門が二人に勧め、了然尼となつめは顔を見合わせながら、菓子皿を手に取った。

皿ごと口もとまで持っていき、皿で口もとを受けるようにしながら、餡入りの煎餅をかじる。煎餅はサクッとして、舌触りも軽いはずだ。そして、その煎餅に粘りのあるしっかりした餡が絡み合う。あっさりした餡より、ねっとりした餡の方がこの煎餅に合う、というのが果林堂の職人たちの見出した結論であった。

了然尼もなつめも淑《しと》やかに口を動かしているが、その目には和やかな色が浮かんでいる。おいしいものを食べている時の仕合せそうな人の顔だ。

「この餡が軽いお煎餅によう合うてますな」

「本当に。お煎餅と餡を一緒に食べるなんて、考えたこともありませんでした」

了然尼となつめは互いに笑顔で語り合っている。だが、長門の言う「他の工夫」とやらにはまだ気づいていない。その顔色がおやというふうに変わったのは、菓子を真ん中まで食べ進んだ時だ。

なつめは菓子の断面をまじまじと見つめ、口に入っていた菓子を飲み込むと、

「白玉だわ」

と、明るい声を上げた。

「これこそが『最中の月』なのでございますね」

と、洒落《しやれ》たことを言う。

「ほんまに……。お煎餅が満月を表していると思いきや、中からまた真ん丸のお月さまが顔を出さはった」

了然尼も顔をほころばせている。

当初は餡を煎餅で挟むだけのつもりで、いったん完成したのだが、長門はそこで終わりにしなかった。煎餅にも試して余った白玉粉で団子を拵え、餡の中に入れる工夫を重ねた

のである。最中の月という名に似つかわしい趣向で、黒い小豆餡を源順の歌のごとく夜の水面ととらえれば、白玉はそこに浮かぶ月であった。

さすがは長門さま——と、他の三人が感心したのは言うまでもない。

了然尼となつめもたいそう感銘を受けたようであった。

「すばらしいです。京の最中の月より、江戸の最中の月より、これこそが〈最中の月〉という菓銘に似つかわしいと思いました。こんな新しいお菓子を、たった二日でお作りになってしまわれるなんて」

なつめはなぜか涙ぐんでいる。そこまで感動するほどのことだったのか、と安吉は少し驚いた。

「せやけど、〈最中の月〉という銘はすでに京でも江戸でも根付いてしまってます。この新しいお菓子を〈最中の月〉と呼ばせるのは、もったいないのやおへんか」

了然尼が言った。

このすばらしい菓子が、風変わりな最中の月と扱われてしまうのは、確かに惜しい。

「どうしたらいいんでしょう」

安吉は思わず了然尼に問いかけてしまった。

「新しい銘を付けたらええのやおへんか」

了然尼はほのぼのした口調で言った。

「ぜひそういたしましょう、長門さま」

安吉は勢い込んで長門に迫る。

「新しい銘どすか」

特にこれという銘を考えていなかったらしい長門は、あいまいな返事をする。

「なつめお嬢はんのおっしゃる通り、〈最中の月〉という銘が絶妙どすさかい」

政太が眉間に皺を寄せながら呟いた。

「せっかくですから、誰でもすぐに覚えられて、馴染みがある名前がいいですよね」

と、なつめが思案する表情で言う。

（中に餡が入ってるんだから、もはや饅頭と言ってもいいんだよな）

何の気なしに考えついた安吉は、ふと先日、父親に渡した照月堂の饅頭のことを思い出した。その瞬間、ふっと頭の中に光がともった。

「最中の月饅頭ってのは、どうでしょう」

口が勝手に動き出す。皆がさぞかし吃驚《びっくり》し、褒めてくれるかと思いきや、

「長すぎやろ」

長門がいまいちという表情で呟いた。安吉がしゅんと沈みかけると、

「ほな、少し縮めて〈最中饅頭〉としたら、どないどすか」

了然尼から救いの手が差し伸べられた。

「それはええ菓銘どす」

長門がすぐに弾んだ声で応じる。

こうして、新しい菓子の名は〈最中饅頭〉と決まった。

四

長門考案の〈最中饅頭〉について書かれた読売を、久兵衛は文太夫を通して手に入れた。江戸の煎餅〈最中の月〉については、もともと久兵衛自身、大した品だとは思っていなかったので、「食感、味共に見所なし」という長門の言い分と同じ考えである。

京の丸餅〈最中の月〉については、京での修業の時に出合い、照月堂でも作って店に出していた。が、あまり売れず、形と銘を変えたら売れ出した。このことは心して受け止めていたし、菓子作り、商いの上で今後につなげていくべき点だと考えていた。

しかし、煎餅の最中の月をどうにかしようという考えは、まるで浮かばなかった。それをわずか十三歳の長門がどうにかしてしまったという。

実物を味わうより先に読売を読んだのだが、そこでは最高傑作であるかのごとく持ち上げられていた。が、煎餅だけの最中の月よりうまいとしても、最高と言うほどでもあるまい、とひそかに思っていたのである。

読売を読んだ数日後、長門たちがやって来て、実物の〈最中饅頭〉を届けてくれた。厨房の仕事が終わってから、本人たちとも会い、どういう経緯《いきさつ》で〈最中饅頭〉が生まれたのかを聞いた。

見た目は、読売で見ていた絵と違《たが》わず、予想通りであった。

しかし、それを食べた時の衝撃ときたら――。

仕舞屋《しもたや》の居間で考えにふけっていた久兵衛は、突然おまさから声をかけられ、我に返った。

「あら、お前さん」

「今日はずいぶん早かったのね」

厨房はもういいのかという目で尋ねてくる。

「ああ、片付けは三太たちに任せてある」

三太はもちろん、郁太郎も役に立つようになった。それに、先月の終わりから通いで雇い入れた職人がいるので、何とかなる。

「今日は果林堂の皆さんがいらっしゃるのでしたね」

そうそう、お茶の用意をしておかなくちゃ――と、おまさは慌ただしく部屋を出ていった。

長門たちが最中饅頭を届けてくれた日から、五日が経っている。あれから久兵衛はさまざまなことを考え、長門と一度ゆっくり話がしたいと思った。おそのを通じて、また照月堂へ来てもらいたいと長門に頼み、了解してもらった。その約束の日が今日になる。

(あの時、俺は……ろくなことが言えなかった)

また一人になった久兵衛は、再び最中饅頭を食べた時のことに思いを馳《は》せた。

おまさも子供たちも三太も、こんなお菓子は食べたことがないと大はしゃぎしていた。だが、煎餅の最中の月は市中でも売られていたから、誰もが食べた経験はあった。もちろん、餡は日ごろから馴染んでいる。

つまり、どちらも知っている味だったのに、その組み合わせの妙に驚嘆させられたのだ。煎餅自体も餡も十分に考えられた拵えだった。煎餅は元の最中の月よりサクッとした食感が増し、口当たりはさらに軽い。一方、餡はねっとりした仕上がりになっており、それが煎餅と実に合っているのだ。白玉の趣向については、最中の月の銘の由来を考えれば、あれほど似つかわしいものはない。

(あの時、俺は何て言ったんだったか)

よくこんな拵えを思いついたもんだ。煎餅と餡が合うとは思ってもみなかった。

そんなことを口にしたように思う。だが、ありきたりの言葉では言い表せないほどの驚《きょう》愕《がく》と衝撃を受けたことは、口にできなかった。表現する言葉を知らなかったというより、言い表したくなかったのだ。

新旧六菓仙の競い合いで高い評価を得た充足感など、ものの見事にかすんでしまった。

(どうして、たった十三の子供に、こんなことができるんだ)

長門が類《たぐい》まれな才の持ち主だということは、九平治からの書状にもあったし、話をしていれば伝わってきた。寒天菓子を食べさせてもらった時も、その味わいや拵えに感心もしたし、何より菓子として使われたことのない新しい食材をよくここまで仕上げたものだと思いもした。

だが、今回のことでよく分かった。

長門の才は計り知れないものだ。日頃一緒に菓子作りをしているわけでもなく、その才のほんの一端を見せられただけで、これだけ驚かされたのだ。

もしもこれを日々目の前で見せられているとしたら――。

（九平治よ、お前……）

久兵衛は古い友人の顔を思い出した。

（よく耐えていられるな）

九平治とは、己の行く末には光が射すと無邪気に信じていた若き日々を共に過ごした。九平治には野心があり、久兵衛にも野心があった。それぞれ菓子作りの道を進み、そこで大きな仕事を成し遂げるのだと、共に己の実力を信じて疑わなかった。

ただし、京育ちの九平治はそのまま京菓子の職人になる道を選び、久兵衛は故郷の江戸へ帰って、その地で京菓子を作る道を選んだ。

久兵衛が江戸へ戻るつもりでいることは、九平治も知っていたが、いずれ気を変えるだろうと考えていたらしい。だから、久兵衛が本当に江戸へ帰ると決めた時には、考え直せとしつこく言われた。愚かにもほどがあるとさんざん詰《なじ》られた。

結局、同じ土地で技を競うことにはならなかったが、それぞれの場所で今も菓子を作り続けている。

九平治が柚木家の養子に迎えられたこと、それが要するに金で柚木家を買うに等しいものだったことを知り、久兵衛は九平治らしいと思った。あの男なら、そのくらいの力はあるし、名家を金で買うようなこともやりかねないと納得したのだ。それを友の成功と信じて疑わなかったし、九平治らしくその道を進めばいいと思っていた。

（だが、柚木家の血がこれほどのものだったとはな）

宮中菓子を作り続けてきた家柄の血は、金で買えるものではない。

（さすがのお前にも予想できなかったんだろうよ）

そう思った時、久兵衛は古い友をうらやましくも妬《ねた》ましくも思い、気の毒にも思った。

自分が九平治の立場で、あんな弟がいたとしたら、どんな気持ちがすることだろう。

おそらく、計り知れないほど喜ばしく、誇らしいはずだ。その一方で、とてつもない苦悩を抱え込んでしまったのは間違いない。

（俺には、何もしてやれないが……）

長門に対面して何を言おうと決めているわけではない。そもそも弁舌に自信などありはしない。だが、自分であれば、九平治の気持ちを、あの才気あふれる少年に伝えてやることはできる。

せめてそのくらいは、安吉を育て、長門を江戸へよこしてくれた友のためにしてやりたかった。

久兵衛が再び思いに沈んでいるうちに時は過ぎ、玄関口に「お邪魔します」という声が聞こえてきた。安吉の声だろう。「はあい」と出迎えるおまさの声がして、少し経つと、おまさと長門が現れた。

「旦那はん、お邪魔いたします」

という長門の挨拶を受けた後、安吉の姿がないことに気づき、久兵衛は尋ねた。

「安吉は外でおそのはんとお話ししてます」

「中でどうぞと言ったんだけど、外の方が気が楽だからなんて、おそのさん、言うのよ」

おまさはそう言って、茶の用意をしに下がっていった。

「おそのはんも安吉も、大事なお話やと気を利かせたんと違いますか」

長門が言った。「そうか」と久兵衛は受け、否定しなかった。与一と政太の付き添いも今日はないらしい。

やがて、おまさが茶を運んできた。そのおまさも、久兵衛の様子から何か察していたらしく、すぐに下がっていった。

二人きりになると、長門は茶をすすり、「何のお話どすやろ」とゆっくり尋ねた。

「ああ。最中饅頭が読売に載ってから、いろいろ周りが騒々しいだろう」

「いえ。幸い静かなとこに寝泊まりさせてもろうてますさかい」

「そうか。江戸の町中《まちなか》の方じゃえらい騒ぎだ。最中饅頭の作り方が載っていたもんだから、煎餅屋にしろ菓子屋にしろ、あちこちで最中饅頭を売り出し始めた」

煎餅屋は菓子屋から餡を仕入れ、菓子屋は煎餅屋から煎餅を買い入れ、最中饅頭にしているらしい。味わいも何もあったものではないが、評判高い時には勢いがあるもので、どこもかしこもよく売れているという。

久兵衛がそんな話を聞かせると、

「江戸の人があれを喜んでくれはるなら、それはようおした」

と、長門はおっとりと言った。

「坊ちゃんが考え出した菓子を、勝手に作られてかまわないのか」

「へえ。そもそも、あれはあての菓子と呼べるようなものやおへんし」

鷹揚《おうよう》な物言いをする長門に、久兵衛は少しだけ目を瞠《みは》った。それから、表情を改め、

「今日坊ちゃんに来てもらったのは、九平治のことを少し話したかったからだ」

と切り出すと、この時初めて、長門の表情が少し変わった。

「九平治がどんなふうに坊ちゃんの柚木家の家督を継いだのか、俺も知っている。ふつうに考えりゃ、坊ちゃんは九平治をよく思っちゃいないだろう」

「そう……どすな。お義兄《にい》はんへの思いは一言では言われへんどす」

「うまく、いってないというわけでもないんだろう？」

久兵衛は長門の反応をうかがうように見た。

「へえ。お義兄はんはこうしてあてを江戸へ送り出し、その金も出してくれてます。照月堂の旦那はんへの書状も持たせて、あての世話を頼んでもくれました。兄がふつうに弟を思いやってるふうに見えますやろ……な」

「ふつうに思いやっているわけではないと、坊ちゃんは思うのか」

「いえ、お義兄はんがあてを思ってくれてることは確かどす。そないなお義兄はんの気持ちが分からんわけやないのやけど……」

長門はいつしか久兵衛から目をそらし、あらぬ方を向いていた。長門の言葉がまだ続くのかと久兵衛は待ったが、その後、長門は沈黙してしまった。

「俺は今回、最中饅頭を食べさせてもらって、九平治の気持ちがよく分かった」

久兵衛はどうしても伝えたかった一言を、口にした。長門の眼差しが久兵衛の方に戻ってくる。

「今じゃあいつが柚木家の家長で、坊ちゃんの兄貴だ。自分より才の乏しい他人を立てなきゃならねえ坊ちゃんもつらいだろう。けど、坊ちゃんのような器の持ち主に、立てられる方はさらに苦しいはずだ」

俺にはそんな九平治の心が手に取るように分かるんだよ――と、久兵衛は笑い、それから長門の目をじっと見据えた。

「俺がこんなことを言うのはお門違いなんだが、あえて言わせてくれ。坊ちゃんにしたら不快で納得できないこともあるだろうが、できれば九平治とうまくやっていってほしい」

久兵衛がそれだけ言って口を閉じると、しばらくの間、沈黙が落ちた。長門はしばらく無言で宙を見ていたが、やがて居住まいを正すと、

「お気遣い、痛み入ります。よう分かりました」

と、頭を下げた。続けて、

「あてはお義兄はんを見下してはおへん」

と、顔を上げてから、長門は静かな声で告げた。

「果林堂の商いがうまくいっているんはぜんぶ、お義兄はんのお力や。うちのお父はんにはああはできひん。柚木家のもんは菓子はどないあんじょう作れても、世渡りはからきしやさかい」

さばさばした長門の声に、偽りやごまかしは感じられなかった。

「しかし、坊ちゃんは世渡りが下手とはとても見えなかったがな」

競い合いや読売のことなどを思い返し、久兵衛が言うと、

「それは、お義兄はんをお手本にしてますさかい」

と、長門は澄ました顔で切り返す。

「なるほど、九平治がお手本だったか」

久兵衛はあははっと声を上げて笑い出した。ややあってから笑いを収めると、

「今回、照月堂は坊ちゃんのお蔭《かげ》で、大きなものを得られた。そのことに改めて感謝を言いたい」

と、今度は久兵衛が長門に頭を下げた。

「あてに頭を下げるなんて、間違うてます」

と、言う長門に、「この頭は九平治に下げたつもりだ」と久兵衛は言葉を返した。

「坊ちゃんがここまで骨折ってくれたのは、俺が九平治の縁に連なる者だからだろう？」

「あては自分がしたいようにしただけどす。旦那はんの腕が正しく生かされてへんのは業《ごう》腹《はら》どしたしな。せやけど……」

長門はいったん口を閉ざし、言葉を探すふうに沈黙した。

「お義兄はんと旦那はんの縁が頭にあったのも事実どす。旦那はんと安吉の縁もありますけどな」

「そうか。確かにそうだったな」

そういえば、安吉が照月堂へやって来た時、数から未来を予測する梅花《ばいか》心易《しんえき》で「災い転じて福となす」と出たのだったなと、久兵衛は懐かしく思い返した。父の市兵衛が口にしたあの予言は、きっとこのことを指していたのだろう。

「旦那はんのお気持ちは、お義兄はんに伝えておきます」

長門の言葉に、久兵衛はそうしてくれとうなずいた。それから長門は少し躊躇うような表情を浮かべていたが、

「お義兄はんは〈宝船〉を漕いでいく船頭はんなんや」

今はっきりとそのことが分かりました――と、最後に顔をほころばせて言った。

こんなに子供っぽく笑う少年だったかと、久兵衛は意外に思い、そういやまだ十三歳でしかなかったんだなと、改めて思い至った。

五

十一月の半ばを過ぎると、いよいよ寒さは増した。

泰雲寺の境内に移し植えられた棗の木はこの秋、しっかりと実をつけ、その収穫ももう終わった。黄色く色づいた葉も落ち、今は冬の眠りについているようだ。

(父上、母上)

この棗の木の前で、なつめが手を合わせる日々も、もう半年以上になる。

(柚木家の長門さまがお作りになった最中饅頭、早くも江戸では大人気のお菓子になっております。長門さまたちはお煎餅だった最中の月を上手に使って、新しいお菓子に仕立ててしまわれました。おいしさは言うまでもなく……。さすがは菓子司のお家の方だと、感服いたしております)

聞けば、果林堂の菓子は二条家のご当主からたいそう気に入られているというから、もしかしたら亡き父は、長門の父や義兄の九平治と顔見知りだったかもしれない。

(もしかしたら我が家でよく出された最中の月は、果林堂のものだったのでしょうか)

自分は菓子屋の名まで覚えていなかったが、もしかしたら慶一郎は知っているかもしれない。次に兄と会った時には尋ねてみよう。

(あの時はただ驚いてしまって、兄上のお話をお聞きするだけで精いっぱいでした。次は

もっとたくさんのお話ができますように）

兄との再会を祈念し、なつめは静かに目を開けた。

両親の墓に最中の月を供えたいという願いは、いつ叶《かな》うだろうか。できれば本当に兄と一緒に参りたいものだと思う。そして、願わくば、その時に自分は菓子の道をこう進んでいくと両親に報告できる姿でありたい。

「あ、なつめさん」

背後から呼びかけられ、なつめはさまざまな思いを払いのけてから振り返った。

「あら、安吉さん。お出かけですか」

ちょうど庫裏から出てきたところと見える。

「ああ、今日はちょっと足を延ばして、氷川屋までね」

と、安吉は真面目《まじめ》な顔つきで告げた。果林堂の一行は正月を京で迎えるのに合わせ、十二月になったら江戸を発《た》つ予定であると聞く。辰五郎や菊蔵へ、その挨拶に行くのだろうと、なつめは思った。

「お気をつけて」

安吉を見送りながら、すでに己の進む道を見出したその姿を、ほんの少しうらやましく思う。

（安吉さんも菊蔵さんもご自分の道をまっすぐ進んでいこうとしている）

自分も進んでいきたい。どんな困難に見舞われても進んでいく覚悟はあるのだが、自分はまだその道を見出してさえいないのだ。

安吉にも菊蔵にも多くの葛藤があったことは分かる。それでも、時が至れば当たり前のように先へ進んでいく男の職人たちの姿を前に、なつめは小さく吐息を漏らした。


果林堂の一行が十二月に入って間もなく江戸を発ち、正月前には京へ帰る——とはっきり決まったのは、十一月上旬のことであった。

「京では今頃、寒天作りをしてるのやろな」

ふと長門が部屋に活《い》けられた椿《つばき》の花を見ながら言い出したのは、最中饅頭が読売に書き立てられ、長門が久兵衛に呼ばれてから数日後である。

部屋に活けられる花は、なつめが折に触れて世話してくれているのだが、もう椿の季節になったのだなという感慨が、その時、皆の胸に落ちたのは確かだった。

「そろそろ帰るか」

と、何気ない調子で長門が言い、与一、政太、安吉はただ「へえ」とうなずいた。長門の言葉に異を唱えないのは習い性だが、与一と政太の胸にもやはりそろそろ帰りたいという思いがあったようだ。安吉でさえ、京を懐かしむ気持ちが芽生え始めていたのだから、他の三人は特にそうだったろう。

いつ頃江戸を発つかということが話し合われ、十二月上旬と決まるや、それを果林堂の方にも書状で知らせた。

となれば、安吉もいよいよ菊蔵への返事をしなければならない。実のところ、答えはもうずっと前から決まっていた。ただ、自分を必要としてくれた菊蔵の気持ちがありがたく、断るのに気が咎《とが》めていたのである。

この日、気持ちの踏ん切りをつけた安吉は、上落合村から駒込の方へ抜け、上野へと向かった。同行者はいないので、今日は自ら氷川屋の店へ足を踏み入れるつもりだ。

（氷川屋のご主人は、俺のことを覚えてない様子だったし、平気だろう）

そう思いつつも、少しどきどきしながら、安吉は氷川屋の暖簾《のれん》をくぐった。

「いらっしゃいませ」

と、顔の知らぬ小僧が声をかけてくる。店の中に他の客が五人ほどおり、それぞれに手代や小僧がついて相手をしていた。氷川屋は今も繁盛しているようだと思いながら、安吉はまず、

「こちらの若旦那さんに馴染みの者だけど、上落合から安吉が来たと伝えてほしいんです」

と、告げた。小僧は菊蔵が厨房にいることを確かめると、別の小僧を厨房へと遣わしてくれた。その間、安吉は菓子を選ぶことにする。

「季節の菓子をもらいたいんだけど、今なら何がお勧めかな」

そう尋ねると、初めに声をかけてきた小僧は見本帖《みほんちょう》を示しながら、

「今、うちで最も人気のあるお品はこちらの〈柚子《ゆず》しぐれ〉でございます」

と、言った。見た目は黄身しぐれのようである。

「柚子しぐれ？」

聞いたことのない名だと思いつつ呟くと、

「こちらは、八雲堂の江戸菓子舗番付に載った〈柿しぐれ〉の弟分みたいな菓子でございまして。柿しぐれは柿の餡、こちらは柚子の餡を使ってまして、とても香りがよいと評判になっております」

と、小僧は得意げな口ぶりで説明した。きっと辰五郎が作り出した菓子だろう。

「それじゃあ、それを八つお願いするよ」

安吉は泰雲寺にいる人数分を注文した。

「へえ、ありがとうございます」

と、小僧が言って、品物を用意しに下がっていくと、一人になった安吉のもとへ羽織姿の男が近付いてきた。目を向けると、見覚えのある氷川屋の番頭である。

「ば、番頭さん……」

氷川屋の番頭庄助は「前にうちにいた安吉だね」と声をかけてきた。安吉がすぐに返事もできずに固まっていると、

「いや、もうそう呼んではいけませんね。今は京の菓子司で奉公していると聞いていますよ」

と、穏やかな調子で庄助は続ける。

「へ、へえ。その……その節は大変なご迷惑をおかけして……」

安吉が冷や汗をかきながら頭を下げると、「それはもういいですよ」と庄助は言った。

「いろんなことがあった。照月堂さんと競い合いをしたのも、お前さんがきっかけだった。今じゃその縁で、辰五郎親方にうちを支えてもらっています」

「……はい」

「ああ、そうそう。うちの大旦那も、お前さんのことを忘れていたわけじゃないですからね。北村さまのお屋敷で見かけた時、気づいたそうですよ。親方と若旦那からお前さんが心を入れ替えて頑張っていると聞いて、そりゃよかったと言っていました。京で研鑽を積んだのなら、うちに戻ってきてもらえばいいって、若旦那に話していましたがね」

安吉が最後の話にぎょっとして目を瞠った時、小僧が柚子しぐれを包んで戻ってきた。

「若旦那は厨房の外でお客さまをお待ちするそうです。ええと、厨房へは外から回っていただいた方がいいと思うんですが……」

小僧が言いかけるのを受け、「ああ、それは分かるから大丈夫です」と安吉は答え、金の払いを済ませた。

「それじゃあね、お前さんも精進しなさいよ」

庄助がそう言い置いて、帳場の方へと足を向ける。その背へ向かって安吉は深々と頭を下げた。

「大旦那さんには大変失礼をいたしました、とお伝えください。ご無礼をお詫《わ》びいたします、と」

「そんな挨拶ができるようになったんだねえ。分かりました。伝えておきましょう」

振り返って言う庄助と別れ、安吉はいったん店の外へ出ると、氷川屋の厨房に通じる裏道へと向かった。氷川屋の敷地に沿って垣根がめぐらされ、それに沿った道を進むと、厨房が見えてくる。

厨房を出た庭に立っている菊蔵の姿はすぐに目に入った。筒袖《つつそで》姿の菊蔵は仕事の合間をちょっと抜けてきたという様子で、すぐに戻らなければならないようだ。

「忙しいところ、すまなかった」

と、安吉は言った。

「いや、前みたいに茶屋へ行ってもいいんだが、そんなに長い話にはならないんじゃないかと思ってね」

菊蔵はさっぱりした声で言うと、

「あの返事だろう？」

と、安吉を促した。

「あ、ああ」

安吉は掠れた声を整えるべく、唾《つば》を飲み込んでから、改めて口を開く。

「お前の申し出は何よりありがたかったが、断らせてもらうよ。俺は果林堂での縁を大事にしたいんだ」

「そうか」

菊蔵の表情は落ち着いたまま変わらなかった。

「たぶんそう言われるだろうと思っていた」

「俺なんかが断ったりして、怒ったか」

安吉は菊蔵の顔色をうかがうように見た。

「何で怒るんだよ」

菊蔵は少し笑った。

「お前の気持ちは分かるし、十分に予想できる返事だった。まあ、ちょっとはお前の気が変わってくれないかと思う気持ちもあったけどな」

「そ、そうか」

安吉はほっと安堵《あんど》の息を漏らした。

「精進しろよ」

菊蔵は安吉の肩に手を置いて告げた。

「俺もここで精進する」

菊蔵の眼差しとその声と、そして肩に置かれた手の力強さをひしひしと感じつつ、安吉は「ああ」としっかり答えた。

「それじゃあ、俺は行くが、ちょっとだけ待っていてくれ。話が終わったら知らせるよう、親方から言われている。親方にも挨拶していってくれ」

菊蔵はそう言い、厨房へ戻っていった。そのまま待っていると、同じく筒袖姿の辰五郎が現れた。

「お忙しいところすみません」

安吉が頭を下げると、

「忙《せわ》しなくて悪いんだが、これを逃したらいつ会えるか分からなくなっちまうからさ」

辰五郎は歯を見せて朗らかに笑った。

「氷川屋は繁盛しているみたいですね。お店へ入って分かりました」

「まあまあ、だろうね。江戸菓子舗番付はうちにもありがたかったよ」

続けて辰五郎は、安吉の手にした菓子の包みに気づき、礼を言った。

「柚子しぐれを勧められましたので。皆さんといただきます」

「ああ。果林堂の皆さんやなつめさんたちによろしくお伝えしてくれ。ところで、今年のうちには京へ発っちまうんだろ」

「はい。十二月の初めに発つことになりました」

「そうか。お前も京へ戻るんだな」

辰五郎は少ししみじみした表情を浮かべた後、

「まあ、いろいろ思うことはあるだろうが、こっちはこっちでやっていく。お前はお前の菓子の道を進め」

と、明るい声で言った。

「見つけたんだろう、お前自身の道を」

促すように問われた時、安吉は「はい」と勢いよく答えていた。

江戸へ来てよかった、菊蔵に誘ってもらえてよかった。だからこそ、自分の菓子の道を見つけることができたのだ。

それじゃあなと軽く言い置いて去っていく辰五郎に、「お世話になりました」と安吉は挨拶した。

「筒袖と宝物の黒文字《くろもじ》は、忘れていくんじゃないぞ」

辰五郎は振り返ることなく、そう言って片手を軽く振ってみせる。安吉は黙って頭を下げた。

六

安吉が氷川屋の柚子しぐれを買ってきたその晩、なつめと果林堂の四人は了然尼の部屋で一緒に菓子を食べた。

「しぐれの菓子は、氷川屋はんの呼び物になるんやないか」

柿しぐれとはまた違った風味を味わいつつ、長門の言葉に皆でうなずき合った後、

「ところで、折り入ってのお話があるのやけど」

と、了然尼が少し改まった様子で切り出した。

「実は、果林堂の皆さまが帰京なさる折、なつめはんもご一緒させてもらえないかと思うんどすが」

突然の言葉に、なつめは「え」と声を上げる。

「なつめはんにもまだ話してへんかったさかい、驚くのも無理はないのどす」

と、了然尼が朗らかな声で続けた。

「なつめはんはどない思います？　一度京へ帰って、お父上とお母上のお墓参りをしてきたいと思うてはるのやおへんか」

了然尼はなつめに目を据えて尋ねた。なつめが突然のことに戸惑っていると、了然尼は長門たちに目を移した。

「実は、わたくし自身、いずれはなつめはんを京にある瀬尾家の墓参りに連れていってやりたいと思うていました。せやけど、体のこともありますし、もういつ連れていってやれるか分かりまへん。そないな時、こうして京へ帰るという方々とのご縁がありましたのや。これは願ってもない機会やないかと思いましてな」

「あてらに否《いな》やはおへんが、行きはともかく、帰りはお嬢はんお一人になってしまいます。どないにお考えどすか」

長門が言葉を返した。

「もちろん、なつめはんを一人で旅させるわけにはいきまへん。せやさかい、慶一郎はんに付き添うてもろたらええのやおへんか」

了然尼の眼差しが再びなつめに戻ってきた。

「兄上に……？」

これまた思いがけない言葉に、なつめはそれ以上言葉が出てこない。確かに、兄と一緒に両親の墓参りをするのはなつめの願いであるが、そう容易《たやす》く叶うとは思っていなかった。だが、了然尼の話を聞いていると、思い悩んだり身構えたりするほどのことではないという気もしてくる。

「なつめはんの兄君は駿河にお住まいなんやけど、書状で知らせて東海道のどこかの宿場まで来てもらえたら、その後は同行してもらえますやろ」

了然尼の説明に、長門たちはそれぞれうなずく。

「もし慶一郎はんのご都合がついて、よいというお返事やったら、なつめはん、行ってきたらどないやろ」

なつめはんの思う通りにしてええのやで――了然尼から優しく促されると、胸中を占めていた驚きが静まり、代わって明るい期待が湧き上がってきた。

「参りとうございます」

なつめは了然尼の目をしっかりと見つめて言った。

「父上と母上のお墓に、お参りしたいと存じます」

了然尼が優しくうなずき返す。

「ほな、慶一郎はんにはわたくしから知らせますさかい、お返事が来たら、また長門殿たちにお知らせしまひょ。皆さまのご出立までには間に合うようにいたします」

最後に了然尼が果林堂の面々に告げ、なつめも「よろしくお願いします」と頭を下げた。

了然尼となつめがそれぞれしたためた書状を飛脚の早便で送り、慶一郎からの返事が来たのは十一月の終わりだった。長門たちの出立は十二月の七日と知らせてある。慶一郎は、箱根《はこね》の関所を越えた次の三島宿《みしま》に九日には到着し、そこの「しらふじ」という旅籠《はたご》に泊まって待つという。不測のことがあって遅れたとしても、しばらくそこに逗留《とうりゅう》してなつめたちを待つので慌てなくてよい、とのことであった。

「三島まで慶一郎はんが来てくれはるなら、安心や」

了然尼はほっと息を吐き、なつめの胸は安堵と喜ばしさに浸された。が、その一方で、いざ実現するとなった途端、動揺も覚えてしまう。

（本当に、兄上とお墓参りに行けるなんて……）

兄と再会を果たすまでに十年以上かかった。だが、それが果たされた後は、何と事が急速に進んでいくことか。その激しさに追いついていけない心地がする。そんな動揺を察したものか、

「なつめはん」

と、了然尼は優しく声をかけた。

「旅立つと決まれば、旅支度はもちろんやけど、安全祈願も大切なことどす。ついては一

度、浅草へ出向いてお参りしてきたらいかがどすか」

「浅草寺《せんそうじ》さんですね」

「かつて、わたくしも江戸から京へ出向いた際、浅草寺さんへお参りしましたさかい」

江戸の人が旅立つ際、浅草寺へお参りしていくことは多いというが、了然尼が江戸から京へ向かった折とは、自分を引き取ってくれた時のことだろう。

参詣は忙しくなる前に済ませておいた方がよいと言われたなつめは、十二月になる前に、一度浅草へ出向くことにした。

上落合村で落ち合う井草川《いぐさがわ》と神田上水堀《かんだじょうすいぼり》を越えてから、少し行ったところで駕籠屋《かごや》を見つけ、浅草寺まで行ってもらう。その道すがら、

(了然尼さまは私の動揺を静めるため、お参りをお勧めしてくださったのだわ)

と、なつめはその心に思いを馳せた。

(今日は心を澄ませて、お祈りしよう)

今度の旅が、兄にとって果林堂の皆にとって、そして自分にとって平らかなものとなりますように、と――。

浅草寺の門前で駕籠を降りたなつめは、まずは観音さまへのお参りを済ませた。それから門前の茶屋の前を歩いていくうち、ふと兄がくれた千歳飴《せんざいあめ》のことが思い出された。確か、浅草寺の門前で買い求めたと言っていたはずだ。

せっかくだからと、近くにいた子連れの女に尋ねてみると、

「それって、七兵衛《しちべえ》さんの千年飴《せんねんあめ》のことかしら」

という返事である。聞けば、兄がくれた千歳飴と同じように思えるので、その店を尋ねると、

「七兵衛さんは屋台の飴売りさんよ」

三社《さんじゃ》さまの方へ回ればいるだろうと教えられた。三社さまとは三社権現《ごんげん》のことで、浅草寺の本堂の東側に社殿がある。そちらの門前へ行くと、確かに飴売りの屋台が見え、数人のお客が群がっていた。

「こちらで千歳飴を買えますか」

尋ねると、「へえ」と勢いのよい返事がある。

「千歳飴とも千年飴とも寿命飴《じゅみょうあめ》ともいってね。ま、とにかくこれを舐めりゃ長生きできるっていう縁起のいい飴でさあ」

なつめはそれを買い求めた。鶴と亀のおめでたい絵入りの袋に入った棒状の飴を手にした時、なぜかその重みが手にずっしりとくるような心地がした。

もちろん、飴が本当に重いわけではない。ただ、そう感じたのだ。

父と母を自らの手で死に追いやってしまった兄が、自分のためにこの飴を買った気持ちを想像してみる。あの時、兄は、なつめには何が何でも長生きしてほしいと言っていた。

自分はその言葉のまま受け止めただけで、兄の言葉に宿る深い悔恨や切実な祈願にまで、思いを致そうとしてこなかった。正直にいえば、そこまでの心の余裕がまだ自分にもなか

った。

（でも……）

いつまでも、兄の心を想像することから逃げていてはいけない。逃げ続けている限り、きっと自分は兄に対するわだかまりを消すことができないだろう。消したいとどんなに強く願っていたとしても。

――肉親ってのはさ、うまく言えないけど……不思議なもんだと思ったよ。

憎んでいた父親と再会し、意外にすっきりした顔でそう言っていた安吉のことが思い出された。憎みたくない相手を憎まざるを得ず、憎しみしかないと思っていたのが、ふとした局面でそれ以外の感情にとらわれることがある――安吉が「不思議」と言っていたのは、そういうことではないか。うまく言えないという安吉のままならぬ気持ちもよく分かる。

（私だって、兄上を憎みたくないけれど、憎しみなどまったくないとは言えない。でも、今も憎いのかと言われると、それも違う……）

なつめはその場で深く深呼吸した。そして、複雑な感情はさておき、千歳飴を手にした時の兄の気持ちの一端だけを想像してみた。

兄は江戸へ出てくる度に、妹に手渡せればと思い、この飴を買っていたという。会えるとも限らぬ生き別れの妹のために――。

（兄上は江戸へ下る度、心の重荷を実感しながらこの飴を買い求め、私の長寿を願ってくださっていた……）

兄の寄せてくれる気持ちを理解できないとは言わない。それを無視してよいとも思わない。そう考えた時、旅を前に揺れていた心も据わったような気がした。この千歳飴がまるでお守り代わりのようにも思える。

（了然尼さまや照月堂の方々のため、この千歳飴をお土産に――）

心が落ち着いたなつめはさらに飴を買い増ししてから、浅草寺の境内を出た。ここからは駕籠は使わず、その足で上野へと向かう。もう一か所、京へ発つ前にどうしても寄っておきたいところがあった。

上野山に鎮座し、穴稲荷《あないなり》さんとも呼ばれる忍岡《しのぶがおか》神社である。

照月堂で働き始める前はよく立ち寄ったし、その後もしのぶと一緒に来たこともあった。だが、上落合へ移ってからは遠くなってしまい、こちらへ来ることもなくなってしまったから、久々のお参りとなる。

（しのぶさんにもずいぶん長くお会いしていない）

菊蔵との再会を果たしてから、しのぶへの懐かしさも再会を望む気持ちも増していた。しかし、しのぶと会う時には、自分の進むべき菓子の道をしっかり見出していたかった。やむを得ない事態だったとはいえ、照月堂を離れ、次の道も決まっていない今はまだ、会って伝えるべき何ものも持たない。

（もう少しだけ待っていてください、しのぶさん）

なつめは小ぢんまりとした朱塗りの鳥居がいくつも連なる神社の参道に達した。鳥居を次々とくぐり抜け、神社の拝殿へと向かう。

「あっ」

思わず声を上げたのは、滅多に人に会わない場所で、先客を見つけたからであった。

「大旦那さん」

「やあ、なつめさんか」

そこにいたのは、何と照月堂の市兵衛だった。市兵衛とも上落合へ移ってからは会う機会が減っていたが、それでも照月堂へ行った時は挨拶もしていたから、久しぶりと言うほどではない。

だが、この忍岡神社で顔を合わせるのは、本当に久しぶりのことであった。

「ここでお会いできますなんて」

なつめが驚いて言うと、

「そうだねえ。まるで穴稲荷さんのお導きのようだねえ」

と、市兵衛は伸びやかな声で言う。

「なつめさんと初めて会ったのもここだった。思い返せば、なつめさんがうちに来てくれたのも、この穴稲荷さんで会ったご縁からだったね」

「はい。あの時の出会いこそ、穴稲荷さんのお導きと思われます」

なつめは市兵衛に断ってから、まず拝殿に手を合わせた。

（瀬尾なつめにございます。この度、皆さまのお力をお借りして京へ参ることになりました。道中、皆が平らかに過ごせますように。兄と二人、無事に京の土を踏めますように。また、留守の間、了然尼さまや江戸の皆さまがお健やかでいられますよう、お守りくださいませ）

祈りを捧《ささ》げ、戻ってくると、市兵衛は腰掛け用に据えられたと見える石に腰を下ろしていた。

「大旦那さんはよくこちらへ？」

「そうだね。なつめさんがうちで働くようになってからも、しばしばお参りに来ていたよ」

「そうでしたか。私はすっかり足が遠のいてしまいまして。ですが、今日お参りが叶い、大旦那さんにもお会いできて、本当によかったです」

「何か大事なお願いをしてきたようだね」

と、市兵衛が言うので、なつめは京へ行くことになったと伝えた。

「照月堂の皆さまへのご挨拶は、長門さまたちとまた改めて伺おうと存じます」

市兵衛は店の皆にも伝えておくと約束してくれた。照月堂の皆に変わりがないこと、店の商いが順調であることなどを、なつめに問われるまま語った市兵衛は、もうしばらく上野山を散策してから帰るという。

「なつめさん」

最後に改まった様子で呼びかけてきた市兵衛は、慈愛のこもった笑みを湛《たた》えて告げた。

「焦らずんば吉、ですよ」

「あっ」

初めてここで会った時、梅花心易の占いをしてもらったことが懐かしく思い出された。その時、市兵衛から告げられた占いの結果が「焦らずんば吉」。そして今、己の心に焦りがあることを、市兵衛には見抜かれている。

しのぶは自分の進む道を見出した。菊蔵も安吉も己の菓子の道を進み始めている。それなのに、自分はまだ己の菓子の道を見出していないということに、なつめは人知れず焦っていた。

「なつめさんにはなつめさんの道があるんだよ」

市兵衛の優しい言葉を胸に刻み、なつめは「はい」と素直に答えた。そして、静かにうなずき返す市兵衛にお辞儀をし、忍岡神社を後にしたのだった。

第四話　神様の果物

一

いよいよ暦が十二月を迎えると、長門たちの帰京が迫り、一同は忙《せわ》しなくなった。長門は十一月の下旬にはしかるべきところへの挨拶《あいさつ》を済ませ、なつめも旅支度に余念がない。そして、照月堂への挨拶は長門ら四人となつめがそろって、十二月の朔日《ついたち》に出向いた。

この時期のことなので、なつめは正月を京か旅先で迎えることとなり、江戸へ戻るのは年明けの予定である。

「くれぐれも体に気をつけて、無事に帰ってくるのよ」

おまさをはじめ、皆からは旅が恙《つつが》なくあるようにとの言葉をかけられた。

長門たちについては、次に江戸へ来るのはいつのことになるか分からず、もしかしたら二度と会えないかもしれない。

「皆さま、お達者でお過ごしください。安吉さんも体に気をつけて」

最後に安吉に向けられたおまさの目は涙ぐんでいた。その傍らでは、おそのが目を赤くしている。「ほら、おそのさんも安吉さんに」とおまさから促され、おそのは口を開いた。

体をいたわって、しっかりやるのよ。お便りしてもいいのよね」

「はい。おそのおばさんもくれぐれも体を大事にしてください」

安吉もしんみりした声で挨拶する。他の人々も皆それぞれに別れを惜しんだが、中でも
長門との別れを悲しんだのは郁太郎であった。

「長門さま、いつかまた会えますよね」

と、真剣な目を向けて言う。

「おいら、いつか自分で作った菓子を、長門さまに食べていただきたいです」

「ほな、今度はあんたが京へ来ればええ。果林堂総出でもてなしたるさかい」

長門はまんざらでもなさそうな様子で言った。

「生半可なものをお出しするわけにはいかないぞ」

久兵衛が横から言い、「分かってるよ」と郁太郎が返す。

「えー、おいらも京へ行く。富吉だって行きたいよね」

長門にはちょっと取っつきにくそうにしていた亀次郎がすぐに兄と同じことをしたがり、富吉がその傍らで、うんうんとうなずくのもいつものことだ。

そうした話が一段落したところで、「なつめ」と久兵衛が改まった様子で切り出した。

「お前もせっかく京へ行くんだ。果林堂の旦那から学べるものは学んでこい」

きっとお前の役に立つはずだと、久兵衛は力強い口調で言う。

「坊ちゃんに託した書状に、お前のこともよろしくと書かせてもらった。まあ、女が職人っていうのに顔をしかめられるかもしれんが、お前は今さらそんなことで挫《くじ》けたりしないだろう」

「はい、もちろんです」

顔を引き締めて、なつめは返事をした。

「そのことなら、ご心配はいらんと思います」

と、長門が口を挟む。

「なつめお嬢はんにはくれぐれも失礼のないようにと、あての父宝山に知らせときましたさかい」

「何、坊ちゃんの父上といったら柚木家の前当主だろう」

「へえ。お嬢はんは二条さまに仕えるお武家はんのご息女で、了然尼さまのご養女やと言うておきましたさかい、まず丁重にお迎えすると思います」

その言葉には正確でないところがある。

「了然尼さまは確かに私の母上も同じですが、正式な養女というわけではないのです」

なつめは慌てて訂正した。

「そないなこと、黙っておけばよろしおす。京では秩序が第一、お嬢はんのご身分とお立場は、使えるだけ使うたらええのどす」

長門は澄ました顔で、平然と言う。

「そうしたら、場合によっちゃ、柚木家の前当主にお会いできるかもしれないな」

久兵衛がわずかばかり、うらやむような色を滲《にじ》ませて唸《うな》った。

「なら、いよいよ貴重な見聞を得られる好機だ。心してかかれ」

「はい」

「お前自身の菓子の道は必ずある」

突然、久兵衛から告げられた言葉に、なつめははっとした。もしかしたらなつめが思い悩んでいることを見抜いた市兵衛が、久兵衛にそれと伝えていたのだろうか。だが、にこにこ微笑《ほほえ》む市兵衛の表情からはそのどちらとも分からなかった。

なつめは再び久兵衛に目を戻した。久兵衛の力強い眼差《まなざ》しは自分への激励と感じられる。

「うちの厨房《ちゅうぼう》で習い覚えた菓子、縁あって名付け親になった菓子、お前が家で拵《こしら》えた菓子もあるだろう。その向こう側に、これから進むお前の道がある」

久兵衛の言葉に合わせて、いくつもの菓子が頭の中をよぎっていく。久兵衛のもとで学んだ菓子のあれこれは、自分の心と指先に確かに刻まれているのだと、なつめは思った。

「心して行ってまいります」

声に力をこめて、なつめは言った。

十二月七日早朝、了然尼、正吉、お稲に見送られ、なつめと長門たちは江戸を発《た》った。上落合村から品川《しながわ》宿へ出て、東海道を進む。一日目は保土ヶ谷《ほどがや》宿まで進み、宿を取った。二日目に平塚《ひらつか》宿、三日目に箱根宿で宿泊し、四日目に関所を越えて、慶一郎と待ち合わせた三島宿へ向かう。この日が十二月十日で、慶一郎は前日の九日には、三島に宿泊しているという知らせであった。

「しらふじというお宿に泊まっているそうなので、まずはそのお宿を探してみます」

三島宿へ着いてすぐ茶屋で尋ねると、三島大社近くの旅籠《はたご》だという。箱根が物々しい様子だったのに対し、三島は三島大社への参拝客と見える人々が行き来し、明るく賑《にぎ》やかな土地柄であった。

ひとまず三島大社を目指して進み、しらふじという旅籠に行き着くと、なつめ一人が中へ入って、宿の者に慶一郎を呼び出してもらった。

「兄上」

二階の部屋に泊まったらしい慶一郎が階段を下りてくる姿をみとめ、なつめは声を上げた。慶一郎の厳《いか》めしい表情が、なつめを目にした途端、安堵《あんど》と喜びにほころんだ。

「わざわざ出向いてくださり、ありがとうございます」

「いや、こちらこそ声をかけてもらってありがたかった。しかし、まことに私が同道してかまわないのだな」

慶一郎は気遣うような眼差しをなつめに向けて訊《き》く。

「もちろんです。帰り道まで、くれぐれもよろしくお願いします」

「相分かった。そなたを無事に了然尼さまのもとまで届けることは、私が固く請け合う」

慶一郎は初めに笑顔を見せたものの、その後は笑みを消し去り、堅苦しい物言いをする。

そんな兄の様子に、なつめは頑固だった父と同じものを感じた。

「果林堂の皆さんは外でお待ちです。まだ日が高いので、このままもう少し先の宿場まで進もうと話していたのですが」

「私も出立の支度はできている。宿の払いを済ませてくるゆえ、少しばかり待っていてもらいたい」

と言う兄の言葉を受け、なつめは先に宿の外へ出て、長門たちにそのことを伝えた。

「お武家さまと一緒に旅をするなんて、何だか緊張してしまうんだけど」

安吉が気がかりそうな表情を浮かべて、なつめに小声で言う。

「武家といったって、今は浪人の身ですし、お気になさらないでください」

安吉だけでなく長門たちにも向けて、なつめは言った。

「だけど、無礼を働いてお怒りを買うわけにはいかないしさ」

と、呟《つぶや》く安吉に、長門があきれ返った目を向ける。

「そない礼儀を気にするんなら、その前になつめお嬢はんへの態度を改めなあかんやろ。お武家の姫君なんやで」

「そ、そうなんですよね。頭では分かっているんですけど、いつもつい忘れちまって」

「そこが安吉の怖いとこどす。お嬢はん、許したってください」

と、政太が真面目《まじめ》な顔つきで謝るので、なつめは慌てた。

「安吉さんは兄弟子なんですから、今のままでいいんです。私の兄に対しても、同じように考えてくれていいんですから」

なつめが安吉をなだめていたところへ、二刀を差した慶一郎が現れた。

「兄上、こちらが果林堂の皆さまです」

なつめは言い、それぞれを引き合わせた。

「なつめの兄の慶一郎といいます。かつては瀬尾といいましたが、今は有賀という医家の養子となり、有賀を名乗っております。妹がお世話をおかけいたして」

慶一郎はそう言って、丁寧に頭を下げた。

「お武家さまがあてらに頭を下げたらあきまへん」

長門がすかさず言い、慶一郎は頭を上げたが、首を静かに横に振った。

「いや、刀こそ手にしているが、私はもう侍ではない。道中は皆さんの護衛と思っていただきましょう。それから、京に入ってからのことなのだが……」

慶一郎は躊躇《ためら》いがちに口を閉ざし、少ししてから思い切った様子で語り出した。

「妹からお聞きかもしれぬが、私は故あって十年以上前に死んだ者と扱われています。それを今さら改めようというつもりもない。ゆえに、京では人前に出ることを避けたいのです。それに、私も驚いたのだが、果林堂はかつて我が家も使っていた店ゆえ」

果林堂が二条にあること、また二条家を上客としていることから、もしやと思っていたが、やはりそうだったのか。なつめは息を呑《の》み、長門もわずかに目を瞠《みは》った。

「分かりました。慶一郎さまのことは果林堂のもんには伝えまへん。あての父にも義兄《あに》にも黙っときますさかい、ご安心を。皆もええな」

長門が素早く言い、最後は果林堂の三人に念を押す。三人がそれぞれ「へえ」と神妙に答え、慶一郎もようやくほっとした表情を浮かべた。

「ほな、参りまひょか」

長門が言い、慶一郎が先に立って歩き出した。

「私は駿河に住まいしているゆえ、この辺りはくわしい。安心して任せてください」

案内役と護衛に徹するつもりらしく、慶一郎はきびきびと言う。よそよそしいというほどではないが、慶一郎となつめとの間にはまだ壁があった。またの再会を喜び合う気持ちはあったが、それを言葉にして、互いの近況を語り合えるほどの気安さはない。

（でも、この旅を一緒にするうちには、兄上ともきっと――）

焦らずんば吉――この時も、なつめは市兵衛の言葉を思い出し、先を行く兄の背中にそっと思いを託した。

十二月の下旬、一行は無事に、京の三条大橋へ到着した。

「これが、三条大橋……」

なつめは橋の欄干《らんかん》に手を置き、感慨深い声で呟いた。かつて来たことはあるはずだが、記憶はまったく残っていない。

ただ、それでも橋下を流れる鴨川《かもがわ》のなだらかな流れや広い河原、見晴るかせば目に入る山々の形にも寂びた味わいがあり、不思議な懐かしさをなつめは覚えた。

かつての屋敷があったのは二条で、長門たちの住まいである果林堂も二条にある。その辺りまで行ってみたい気もするが、万一にも慶一郎が昔の知人と鉢合わせるようなことは避けるべきだろう。ひとまずは、慶一郎となつめの京滞在中の宿を探さねばならないが、

「お二人は京が久しぶりやさかい、あんたが案内したり」

と、長門は政太に申しつけた。長門たちはその足で果林堂へ帰るというので、一行はいったんここで二手に分かれる。

政太はすぐに、値段も手頃で評判のよい「田鶴屋《たずや》」という旅籠へ連れていってくれた。三条大橋から遠くもなく、駕籠屋《かごや》や飛脚屋も近くにあって便利な場所である。少し長めの逗留《とうりゅう》も大丈夫だというので、なつめと慶一郎はここで宿を取った。

「ほな、こちらへまた誰ぞ参りますさかい。まずはゆるりと旅のお疲れを癒しておくれやす」

政太はそう言い、長門たちのあとを追って果林堂へ帰っていった。

なつめと慶一郎はいったん部屋へ入ったが、慶一郎は部屋の様子だけ確かめると、落ち着くそぶりも見せず、

「少し出かけてきたい」

と、言い出した。

「どちらへ行かれるのですか」

なつめが問うと、慶一郎は少し言いにくそうにしていたが、

「父上と母上の墓参りに」

と、答えた。

「それならば、私もご一緒に」

なつめが言うと、「いや、まずは一人で行かせてくれ」と慶一郎は答えた。

「京にはまだ滞在する。その間には、ぜひ一緒に墓参りをしたいと私も思う。だが、その前に、私自身がまず、一人で父上と母上に申し上げねばならぬことがあると思うのだ」

兄の言い分は、なつめも十分理解できる。だが、旅の間は和やかに見えた兄の表情が、京に着いた途端、どことなく険しくなっていた。また、今の顔つきには悲壮な風情さえ漂っているように思われて、なつめはふと不安になった。

「兄上、ちゃんと帰ってきてくださいますよね」

思わずそう問いかけると、

「当たり前ではないか」

と、慶一郎は口もとを和らげて答えた。

「今の私に求められているのは、そなたを無事に江戸へ連れ帰ることなのだからな」

それを果たさず、どこぞへ消えるはずがないと、慶一郎はわざと明るい声を出す。しかし、なつめが不安に思うのは、父母の墓前で思い詰めた兄が命を絶ちはしまいかということであった。なつめの不安げな表情からその思いを察したのか、

「私は必ずそなたのもとへ帰ってくる」

と、慶一郎は兄の顔になって言った。

「もう二度と、黙って姿を消したりはせぬ」

労《いたわ》りと優しさのこもった力強い声に、

「……分かりました」

と、なつめは安心してうなずいた。

「ですが、次は必ず私もお連れください」

「相分かった」

慶一郎はそう言い置き、出かけていった。その日、兄が帰ってくるまでは気が気でなかったが、日が暮れる前に慶一郎は帰ってきた。

ひどく疲れて見えはしたものの、重荷を下ろしたような表情を見せる兄に、なつめも安堵の息を漏らした。

二

その晩、宿で二人きりになった時、慶一郎が少し咳《せ》き込んでいることに気づいたなつめは、荷物の中から飴《あめ》を取り出した。

「兄上、どうぞ、これを」

「いや、私は……」

慶一郎は首を横に振る。褐色の飴は生姜《しょうが》を入れて作った〈あんじょう飴〉で、皆の旅の癒しになれば、と持参したものであった。

道中、疲れが溜《た》まった頃、皆に供したこともあり、その時に慶一郎も口にしている。菓子には妥協を許さぬ気難しい長門からも感謝の言葉を告げられ、菓子職人たち同士で飴の話に盛り上がった。が、慶一郎はその手の会話には加わってこなかったから、なつめもこの飴について、兄にくわしい話はしていない。

「喉の痛みにもよいと存じます。ご遠慮なさらずに」

なつめがさらに言うと、慶一郎は少し躊躇った末、「ではいただこう」と応じた。

飴を口に入れ、しばらく目を閉じて味わっている。ややあって目を開けた慶一郎に、

「いかがですか」

と、問うと、慶一郎は少し息を吸い込んで、

「香ばしいな。これは生姜であろう」

と、答えた。なつめはにっこり微笑み返した。

「おっしゃる通りです。兄上には材料をお伝えしていなかったのに、お分かりになりましたか」

「香りがあるからな。それに、生姜は薬でも用いるゆえ」

「そうでしたね。このお菓子を作る折、了然尼さまを診《み》ておられるお医者さまの教えも頂戴したんですよ」

「さようか。確かに生姜は喉の痛みにも効き目がある。排膿湯《はいのうとう》に使われるしな」

慶一郎は自ら効き目を実感したというふうに言った。堅苦しい物言いに、なつめはくすっと笑い、

「お味はいかがでしたか」

と、尋ねた。

「あ、ああ。味か。うむ、優しい味わいがする。これなら風邪ひきの子供も嫌がらないだろう」

「お菓子なんですから、嫌がられたら困ります」

「そうか。それもそうだ」

なつめが笑ったのにつられ、慶一郎も少し顔をほころばせた。

（あ、兄上がお笑いになった）

と、心の中でなつめは明るい声を上げる。そんな自分を実感し、心がほんのりと温かく満たされた。

「ところで、喉の痛みは少し治まりましたか」

改めて尋ねると、慶一郎はうむとうなずいた。

「風邪というほどではないが、少し喉ががらがらしたのだ。薬を飲むほどでもないと思っていたから助かった。礼を言う」

慶一郎はまだどことなく堅苦しい様子で頭を下げた後、

「この飴の名は何というのだ」

と、尋ねた。そういえば、道中で話をした時、兄はその場にいなかったのだと思い出し、

「あんじょうおやり――の〈あんじょう飴〉どす」

京言葉で答えると、「それはよき名だな」と慶一郎は頰《ほお》を和らげた。


なつめが長門に招かれ、果林堂へ赴いたのは到着から二日後のことである。前日、安吉が都合を尋ねに訪れ、当日も安吉が迎えにやって来た。

「安吉さん、ありがとうございます。連日往復していただいて」

なつめが言うと、「いやあ、この旅籠は果林堂から近いし、何てことないよ」と安吉はあっさりしたものであった。京へ来たばかりの頃、長門の供をして、あちこち連れ回されたことがあり、少しくらいの遠出は何でもなくなったのだという。

長門に連れられて、吉田《よしだ》神社へ行った、石清水八幡宮《いわしみずはちまんぐう》へ行ったという話を聞かされているうちに、やがて二人は果林堂へ到着した。

「店の方ではなく、ご隠居さんと長門さまのお住まいへご案内しろと言われているから」

安吉はそう言って、店の裏手の庭へ直《じか》に通じる道へ、なつめを導いた。柚木家と果林堂を合わせた広い敷地の中に、宝山と長門の住まい、それとは別に九平治の住まい、店の建物と厨房が二つずつ、他に使用人たちを住まわせる家屋などがある。

「厨房が二つもあるなんて、さすがですね」

その横を通り抜けながら感嘆の声を上げると、「大厨房《だいちゅうぼう》と本厨房《ほんちゅうぼう》というんだ」と安吉が教えてくれた。どちらが主《しゅ》であるのか、よく分からない呼び方をするのは京らしさなのだろうかと、なつめは首をかしげる。

宝山と長門の住まいという家屋は、どの建物よりも立派で大きい。柚木家が貧しくなって、九平治を養子にしたという話はなつめも聞いていたが、その九平治の援助を受けてのことか、裕福な暮らしを送っているようだ。

「こちらの玄関から上がってくださいとのことだよ」

と、安吉から客を迎えるための広い玄関口へ案内されたが、安吉は別の入り口から入るという。自分もそちらからがいいのだが、と思いつつも、「さあ早く」と勧められて中へ入ると、声を聞きつけたのか、女中が二人も駆けつけてきた。

「これはこれは、お嬢さま。おいでをお待ち申しておりました」

と、やけに愛想のよい笑みを浮かべ、丁重に出迎えてくれる。

「はい。その、お世話をおかけします」

「奥にて、柚木の主《あるじ》と先代がお待ちしております。すぐにご案内つかまつりますよって」

中へ上がると、前後を女中に挟まれて、奥の部屋へと案内された。

「こちらどす」

松の見事な絵が描かれた襖《ふすま》が開けられると、そこにずらりと人が居並んでいる。上座が設《しつら》えられており、そこに相対する形で、羽織姿の男二人がかしこまっていた。

「お嬢さまのお席どす」

と、示されたのは上座の空席である。

客人だからということだろうが、かしこまりすぎていやしないか。羽織姿の男二人のうち、初老の方が長門の父の宝山で、傍らの恰幅《かっぷく》のよい男が九平治なのだろう。

見れば、長門は二人の後ろに澄ました顔で座っている。その後ろには馴染みのある与一と政太に加え、安吉もすでにおり、末座には見知らぬ少年二人が控えていた。

「瀬尾なつめと申します。この度は年末のお忙しいところ、このようなお席を設けてくださいまして、心より御礼申し上げます」

なつめが挨拶すると、

「江戸では長門をはじめ、うちの者たちがお世話になりましたそうで。あてが柚木九平治、こちらが義父の宝山にございます」

と、九平治が丁寧に返した。

「了然尼さまのご息女を我が家にお迎えできましたこと、まことに柚木の家の名誉にございます」

宝山も丁重な物言いで言葉を添える。やはり養女で押し通すのか、と長門の方をうかがったが、なつめとは目を合わせようとせずに澄ましたままだ。

「確かに、了然尼さまのお若い頃によう似ておられる。了然尼さまとはご親戚でおられるとか」

「はい。遠縁ではございますが」

「昔の了然尼さまのように、宮中に上がらはったらよろしおすのになあ」

そうならないのが残念だという物言いで、宝山が呟いた。

「お父はん、何を言うてはります。お嬢はんは菓子職人を目指してはりますのや。ちゃんと言いましたやろ」

長門が後ろから、なかなか厳しい声で抗議する。

「それは確かに聞いたけどなあ」

宝山に代わって言い返したのは、九平治だった。

「それに、久兵衛からの書状にもあったさかい、疑うてるわけやおへんのやけど、このお嬢さまが職人を目指してはるというんが、どうもあてにはなあ」

九平治は、どうしても解《げ》せないのだという顔をしている。

「なあ、お義父《とう》はん」

と、九平治から話を向けられた宝山も、しかつめ顔でうなずいてみせた。

「今のお話はまことにございます。私はとある事情で生家を失い、了然尼さまに引き取られました。進《すす》むべき道の先が見えず迷った日もございましたが、今は女ながら菓子作りの道に自らを捧《ささ》げたいと思っております」

なつめはそう言って、その場に両手をつき、宝山と九平治に頭を下げた。

「つきましては、柚木家の皆さまにその心構えなりお教えいただきたく、お目にかかれる日を心待ちにしておりました」

どうぞよろしくお導きください――そう続けて、頭を下げたままにしていると、

「どうかお顔をお上げください」

と、宝山の声がかけられた。

「了然尼さまのご息女から、さように頭を下げられて否《いな》と言えるわけがおへんどすやろ」

しみじみとした声が降り注がれる。九平治と長門がわずかに目を瞠っている様子がうかがえたが、なつめは宝山の口もとに集中した。

「菓子作りは引退した身どすし、お嬢さまには江戸で教えてくれるお人もおりますやろ。せやさかい、あてからは柚木家に伝わる話を一つ、ご披露しよかと思います」

「何ともありがたいお話ですが、柚木のお家に連なるわけでもない私がお聞きしてもよろしいのでしょうか」

「別にかましまへん。ここにおるもんは皆聞けばええ。せやけど、これはまだ九平治にも長門にも話したことがおへん。いずれは聞かしたるつもりどしたけどな」

その宝山の言葉に、九平治と長門は無論、与一や政太ら他の職人たちも居住まいを正し、緊張した色を浮かべた。

「これは、柚木の家にというより、宮中で主果餅《くだもののつかさ》を務める者に語り継がれてきた話どす」

そう前置きした後で、宝山は語り出した。

「昔は『菓子』と書いて『くだもの』と読んだり、今も果実を『水菓子』と言うたりしますな。字は違いますが、柚木の家のお役も『くだもののつかさ』いいます。やってることは宮中の菓子作りや。こないに菓子と果物という言葉の境はあいまいなんどすが、これは最初の菓子が果実やったことに由来するのやろと思います」

最初の菓子が何かはご存じどすか——と、宝山から目を据えられ、なつめは「橘《たちばな》の実と聞いております」と答えた。

「そうどす。田道間守命《たじまもりのみこと》さんが海の向こうから天子さまのために持ち帰った不老不死とされる非時香菓《ときじくのかくのこのみ》。それが橘の実で、日の本初の菓子とも言われてます。生憎《あいにく》、天子さまはそれより先に亡うならはって、非時香菓を食べていただくことは叶わへんかったけど、田道間守命さんはその功績をもって菓子の神様とならはりました」

柚木の家の者は主果餅の職を受け継ぐ時、必ずこの話を聞かされる。よって、九平治も宝山からこの話を聞かされたという。だが、この話は菓子作りの職人ならば、知っていて当たり前のことであり、取り立てて聞かされるほどのことでもない。

「これは、菓子作りの心構えを伝える話や。これを聞いてどないに感じるかは、人それぞれ」

と、宝山は言った。菓子とは誰かのために人生を懸けて作るものだと思う人もいれば、天子さまのために菓子を作る主果餅の職に誇りを抱く者もいるだろう。菓子を作り食べるという人の営みが長きにわたって続いてきたことへの重みを感じる者もいる。何を感じるかはその人に任されており、それがその職人の菓子作りの姿勢を決めることにもなるのだと、宝山の言葉は続けられた。

「ただし、この話にはまだ続きがおす。田道間守命さんが持ち帰った実は別名を『神様の果物』と言うたそうや。不老不死を叶える果実やさかい、そう言うのか、神様にならはった田道間守命さんが持ち帰った果物やさかい、そう言うのか、それは分からへん。けどな、主果餅となった職人は誰しもこの『神様の果物』を目指して、懸命に菓子作りに取り組まなあかんのや……」

なつめや九平治、長門たちに聞かせるというより、最後は誰とも目を合わせずに告げられた宝山の言葉は、そこでぷつっと切れた。自分はそんな菓子作りをしてこられたのかと自問自答するように、宝山の目は虚空《こくう》を見据えている。

「お義父はん……」

九平治が掠《かす》れた声で宝山に呼びかけた。

「神様の果物というんは、どないな菓子なんどすか」

宝山の目が九平治へと向けられた。

「それは、あんたが自分で見つけるのや」

宝山は優しさと厳しさのこもった声で言った。

「そして、お嬢さまも長門も、他の連中も、自分で見つけなあかん」

神様の果物を作るのは、別に天子さまの菓子を作る主果餅に限ったことやあらへんと、宝山は最後に告げた。

それは、菓子職人になったからには、誰しもが目指さなければならぬ道の果てにある菓子なのだ、と——。

三

すでに時は師走《しわす》の下旬であったが、なつめは兄慶一郎と共に田鶴屋で年末年始を過ごすつもりであった。宝山と九平治からは、柚木家の離れに移ってくるよう勧められたが、慶一郎と一緒に移ることはできない。なつめは今の宿の居心地がよいので、と丁重に断った。

そして、慶一郎や安吉に伴われて、田道間守命が祀《まつ》られている吉田神社や、火伏《ひぶせ》の総本山である愛宕《あたご》神社などへお参りをしつつ、年末は兄妹二人きりで穏やかに過ごした。

大晦日《おおみそか》の晩、田鶴屋では鬼やらいの人声も聞こえて、なつめはしみじみとした気持ちになった。やがて、そうした声も聞こえなくなると、時折、廊下を行き来する足音以外には何も聞こえなくなる。

「年が明けたら、一緒に墓参りに行こう」

その夜、慶一郎が不意に言い出した。京に到着した日、いずれは二人そろって墓参りにと約束していたものの、以後、慶一郎がそのことを口にしたことはなかった。兄の心が前向きになってくれたのだと安堵し、

「はい」

なつめは心のこもった声で返事をした。兄が無言でうなずき返すのを見届けた後、

「そのことで、兄上に一つお話があるのですが」

と、なつめは切り出した。

「私はずっと、父上と母上の墓前に、最中《もなか》の月をお供えしたいと願い続けてまいりました。お二人がお好きだった菓子と、覚えておりましたので」

「そなたが望むのなら、そうすればよかろう」

兄の快い承諾を受け、なつめはさらに話を続けた。

「実は、墓前にお供えするものは私がお作りしたいと思っているのです。それで、年が明けて少し落ち着いたら、田鶴屋さんの台所をちょっとお借りできないか、頼んでみようと思っているんですが」

少しの用具を借りられれば、材料を用意して作れぬものでもないと告げると、

「よし。ならば、宿の人には私からも頭を下げよう」

と、慶一郎は力のこもった声で請け合った。なつめは晴れ晴れとした心地で「よろしくお願いします」と答え、大晦日の夜は穏やかに暮れていった。

そして、年が明け、正月を宿で静かに過ごした二人のもとへ、安吉がやって来たのは四日のことである。互いに新年の挨拶を交わした後、果林堂は年始回りの客人が多く、九平治が忙しくしていると近況を語った安吉は、

「ところで、お二人はいつ頃、こちらを発つご予定なんですか」

と、続けて問うた。

「もう少ししたら、兄上と二人でお墓参りをして、それから発とうと思っているんです」

「なつめさんが京へ上ったのは、そのためだもんな」

と、安吉は納得したようにうなずく。

「はい。その時には、両親も好きだった最中の月をお供えしたいと思っていて」

「そうだったんですか。ご両親のお墓に最中の月を……」

と、安吉は慶一郎となつめを見やりながら、しみじみ言った。

「ええ。果林堂さんのお品もよく食べていたようなの。でも、墓前には、私が作ったものをお供えしたいので、ここの宿の台所をお借りできないかと考えているんです」

なるほど、という表情でしきりにうなずいていた安吉は、また改めて長門が挨拶に来ると言づてを残し、帰っていった。

その長門が安吉をお供に連れ、なつめたちの宿に現れたのは、翌五日のことである。

「お嬢はんが最中の月を作るおつもりやと聞きましたけど」

挨拶に続いて長門から訊かれ、なつめは「はい」と答えた。すると、

「ほな、あての本厨房をお使いになったらええどす」

と、長門はいきなり言い出した。

「本厨房って……」

二つあった厨房のうち、どちらのことだろうと思っていたら、

「本厨房は小さい方どす」

と、長門が答えた。本厨房とは長門のために造られた新しい厨房なのだと、安吉が横から口を添える。

「そないなわけで、本厨房はあての好きにできます」

江戸で受けた恩があるのだから遠慮はいらないと言われ、

「それならば、ぜひお借りしとう存じます」

と、なつめは深々と頭を下げた。

日にちはいつでもかまわないというので、相談の上、翌々日の七日と決める。菓子を拵えたその日のうちに、墓参りに行くことを慶一郎もその場で承知した。

七日当日、朝の内から果林堂の本厨房へ入れてもらったなつめは、そこで最中の月の拵

えにかかった。

(父上、母上。なつめが最中の月をお作りいたします)

厨房の調理台を前にした時、泰雲寺の棗《なつめ》の木を前にした時のように、思わず手を合わせてしまった。

それから改めて周りを見回してみると、本厨房は照月堂の厨房よりもかなり広く、作業台も大きくて使いやすそうである。棚にはふだん使っているのであろう食材が整然と、そして存分にそろえられており、そのうちの一つの棚は寒天だけで埋まっていた。

ここで、長門たちが新しい菓子作りに励んでいると思えば、その意気込みが伝わってくるようで、気持ちが自然と引き締まる。

(菓子の神となられた田道間守命さま。どうか、今の私にできる最高の最中の月を作れるよう、お見守りください)

なつめは一人、作業に入った。

米粉を十分に捏《こ》ねた後、水飴と甘ずらで甘みをつける。味を調《ととの》えてから、美しい満月を意識しつつ丸めて形を整えた。表面に粉をまぶしたら、素朴な丸餅の完成である。

出来立ての最中の月はふっくらとして、まるで食べてくれる人を待っているかのようだ。

きっと両親も喜んでくれるだろうと思う。

その後、一息吐いて放心していたら、厨房の戸を叩《たた》く音がして、なつめは我に返った。

「はい」

と、慌てて返事をすると、「そろそろ出来上がりましたやろか」という声がする。九平治の声であった。

「少々お待ちください」

なつめはすぐに手を洗い、厨房の戸を開けた。

「果林堂の旦那さん」

「できましたのやな」

「はい。厨房をお貸しくださって、どうもありがとうございました」

なつめが改めて頭を下げると、

「この厨房は長門のもんやさかい、あてに礼を言わんでもよろしおす」

と、九平治は言う。

「それより、味見をさせてもらえまへんやろか」

「柚木家のご当主に味見していただくなど、何やらおそれ多い気がいたします」

なつめが恐縮して言うと、いいやと九平治はおもむろに首を横に振る。

「お義父はんや長門より、ええと思いますで。お義父はんは何や神がかってますし、長門は遠慮というものをせえへんやろ」

なつめは苦笑しつつも、確かにそうだとうなずいた。

「それでは、よろしくお願いいたします」

なつめが皿に載せた最中の月を差し出すと、九平治は皿ごと受け取って餅を口にした。

どんな感想を言われるのかと、なつめはどきどきしながら待った。

「そうどすな。技の妙や味の奥深さを言うのなら、職人としてはまだまだこれからどす」

一口食べてから、九平治は曇りのない声で告げた。

「せやけど、優しく癒される味わいがしました。味は舌だけのもんやけど、味わいは香り、見た目、咀嚼《そしゃく》した時の感じ、風情、それらがぜんぶ詰まったもんどすやろ」

と、九平治は穏やかな笑顔になって続けた。

「癒される味わいは、技を磨けば出せるというもんでもない。もしかしたら、お嬢はんが天から授かったもんかもしれまへんな」

九平治のふくよかな顔に湛《たた》えられた笑みは消えていない。

「果林堂の最中の月とも違う、久兵衛の最中の月とも違う、お嬢さまの最中の月や」

九平治は手の中の菓子をしみじみと見つめ、さらに口へ運んだ。しっかり味わう表情でそれを飲み込んでから、再び言葉を継ぐ。

「久兵衛の書状には、お嬢さまのことをよろしゅうと書かれてました。あの男の大事なお弟子はんやさかい、何ぞ気の利いたことを言わなあかん思うてましたが、ぜんぶお義父はんに持ってかれてしまいました」

「いいえ。今の旦那さんのお言葉はたいそう胸に沁《し》みました」

なつめの言葉に、九平治はそっとうなずく。

「お嬢さまの前には久兵衛がおる。あての前にはお義父はんと長門がおる。超えようと思うたら道はふさがってしまうかもしれまへん。せやさかい、お嬢さまの道を行けばええのどす。あてもあての道を行きますさかい。共に精進しまひょ」

そう言って、九平治は最後の一口を飲み込むと、厨房を後にした。その背へ向かって、

「ありがとうございました」

と、なつめは深く頭を下げた。

四

なつめは出来上がった菓子を携え、その足で両親の墓へ向かった。慶一郎とは墓所で待ち合わせている。

到着したのは昼頃だったが、すでに兄は来ていて、両親の墓の前に静かに佇《たたず》んでいた。

「兄上、お待たせいたしました」

なつめが声をかけると、兄はなつめの方に目を向け、目もとを和らげた。

「出来上がったのだな」

「はい。これに――」

なつめは包んできた菓子を墓前に供え、包み紙を開けた。中からは、ふっくらとした真ん丸の月を思わせる餅が姿を現す。

「おお」

短く呟いて、慶一郎は目を細めた。

「父上、母上、長らくご無沙汰《ぶさた》しておりました。なつめでございます。ようやく京の墓前へ参ることが叶いました」

なつめは両手を合わせて、亡き両親に語りかけた。

（兄上もご一緒でございます。兄上と再会させてくださったのは、父上と母上でいらっしゃいますね。そのお蔭で、私はこうして最中の月をお作りし、兄上と一緒にお墓参りをするという、長年の願いを果たすことができました。未熟ではございますが、私の最中の月をどうか召し上がってください）

胸の中でさらに語りかけ、目を開けると、亡き父と母の顔がふっと浮かんだ気がした。

「水の面《おも》に照る月なみをかぞふれば　今宵ぞ秋の最中なりける——父上が教えてくださったのでしたね」

父の面影に語りかけると、

——池の水面に映る満月から、今夜が秋の真ん中——すなわち『最中』だと気づいた、というような意味だな。それから、白い丸餅を最中の月と呼ぶようになったのだ。

父の返事が頭上から降り注がれた。

「父上——」

はっと顔を上げると、兄の顔があった。兄が口にしたのだと、ふと不思議な気分になる。兄の言葉はかつて父が言った言葉と一言一句同じだった。そして、兄の声は亡き父と勘違いしてしまうほど父に似通っていた。

「すまない」

なつめが気分を害したと思ったのか、慶一郎が申し訳なさそうに言う。

「いいえ、いいえ」

なつめは墓に顔を戻し、首を何度も横に振った。

「まこと、父上がここにおいでになったのかと思いました……。ただお懐かしくて」

そう言ううちに涙があふれてきて、なつめは顔を両手で覆っていた。

「そなたも時折、はっとするほど母上に似ていると思うことがある」

震えるなつめの肩に、そっと慶一郎の手が置かれた。


その日、夕刻前に宿へ戻ったなつめは、少なからぬ疲労を覚えた。一仕事終えたという安心感もあって気分は悪くなかったのだが、慶一郎の目には顔色が悪く映ったらしく、

「夕餉《ゆうげ》まで少し休んだらよいだろう」

と、勧められた。それに従い、なつめはしばらく横になることにしたのだが、慶一郎はまるで病人に対するかのように、その枕元に座り込む。

「兄上もお寛《くつろ》ぎください」

と言っても動かず、慶一郎は手を出すように告げた。言われた通りにすると、掌《てのひら》の真ん中あたりを親指でさすった後、軽く押し始める。鈍い痛みと心地よさがそこから体の奥に

伝っていくのが分かった。

「労宮《ろうきゅう》といって、心身を和らげてくれるつぼだ。そなたは目を閉じていなさい」

病人でもないのに、とは思ったものの、朝からの緊張と手の疲れが癒されていく心地よさには逆らえない。いつしか瞼《まぶた》を閉じてしまったのだが、眠りに入る少し前、兄はこんな人だったかと、なつめは頭の片隅で思っていた。かつての兄はこうやって妹の枕元に寄り添って、眠りにつくのを見守るような人ではなかった。

(私は今の兄上に、どこまでも昔の兄上のお姿を重ねていたのではなかったかしら)

十年以上も離れ離れに暮らしていた兄が、昔と違っているのは当たり前のことなのに。変わった兄の姿を、自分は知ろうとしてこなかったのではないか。

そのうち考えてもいられなくなり、深い眠りに落ちてしまった。

目覚めた時は、外から差し込む光も弱々しい夕刻になっていた。行灯《あんどん》に火は入れられていない。いつもはもっと早く、宿の者が火を入れに来るので、休んでいるなつめを思い、兄が断ってくれたのだろう。

慶一郎は窓際の障子を少し開け、二階の窓から外の景色をぼんやり見つめていたようだが、なつめが目覚めるとすぐに気がつき、

「疲れは取れたか」

と、尋ねた。

「はい。元気になりました」

なつめは明るく答えた。少しの間だけだったが、ぐっすり寝入っていたようだ。疲労もすっかり取れたように感じられた。

「兄上に介抱していただいたお蔭です」

「介抱などと言えるほどのことはしていない」

慶一郎は生真面目《きまじめ》な口調で言う。そっけなく聞こえなくもないが、そこには確かな温もりも宿っていた。

宿の者が明かりを持ってきて、しばらくしてから夕餉の膳が運ばれてきた。

「あ、今日は七草粥《ななくさがゆ》なんですね」

白飯の粥に瑞々《みずみず》しい緑葉が浮いているのを見て、なつめは声を上げた。

「へえ。毎年、この日はお客さまに七草粥をお出ししてるんどす」

運び役の女中が答えてくれた。

「体にもええどすし、今夜はゆっくりお休みになれますよって」

女中が出ていってから、なつめと慶一郎は七草粥と香のもの、蒟蒻《こんにゃく》の煮つけの夕餉を採った。食べ終わってから、慶一郎は七草粥に使われるごぎょうが咳《せき》や喉の痛みに効くこと、はこべらは腹の調子を整えてくれることなどを、ぽつぽつと語る。

「そういえば、私にも七草にまつわる思い出があるんです」

兄の話が途切れたのを機に、なつめが言うと、兄は興味深そうな表情を浮かべ「聞かせてくれ」と言う。そこへ女中たちが膳を下げに来たので、麦湯のおかわりをもらい、再び静かになってから、なつめはしのぶとの出会いから仲良くなるまでの経緯《いきさつ》を語った。その話には、兄も知る安吉が少々情けない役割で登場するため、

「あの安吉さんがかつてはそんなふうだったのか」

と、少し驚いたようである。

「しのぶさんはお母さまを亡くしていらっしゃるのですが、そのお母さまが昔、草餅をよく作ってくださったそうなんです。菓子屋の娘さんですから、草餅などめずらしくないでしょうが、お店で売る草餅とは違っていたのですって。ただ、お母さまから作り方を習っていなかったので、何を入れて作ったか分からず、しのぶさんはその味をずっと恋しがっていたんです」

蓬《よもぎ》ではない。昔の草餅に使われていたというごぎょうでもない。冬菜でもない。

「私はしのぶさんのために、何とかそれを作ってみると約束したのですが、なかなか作り出せず……」

そのうち、了然尼から『七草草紙《ななくさそうし》』について聞いたことをきっかけに、七草で試してみたところ、

「その味だったんです」

なつめは目を輝かせて言った。慶一郎は静かにうなずき返す。

「しのぶさんはとても喜んでくださいました。きっと亡きお母さまはしのぶさんが健やかであることを願って、七草の草餅を作ったんだろうって」

「それはお手柄だったな」

　慶一郎の短い賛辞が胸にまっすぐ届いた。少し気恥ずかしいが、兄に褒められればただ素直に嬉しい。

「それに、今の話で何より嬉しいのは、そなたにそういう大事な友ができたことだ。生まれ故郷を離れ、馴染みにくい土地だったろうに……。父上と母上もさぞ喜んでおられることだろう」

　優しい言葉で労ってもらうと、長く会っていないしのぶのことが思われ、なつめは静かに目を伏せた。

「実は、しのぶさんとは今はあまり会っていないんです。というのも、しのぶさんは婿を取られて、お忙しくなってしまい、私の方もいろいろあって……」

「そうか」

「次にお会いする時は、私が己の進む道を見出した時でありたいと思っているんです」

　と告げるなつめに、慶一郎はじっと目を向けた。

「叶うことなら、どういう菓子職人になるか、それを思い定めてからにしたいと――」

「ふう……む」

　兄は腕組みをしたものの、それ以上の言葉は続かなかった。

「兄上は、すでに医の道を己の道と定めておられますよね。もしよろしければ、その思いをお聞かせ願えませんか」

なつめが申し出ると、慶一郎は腕をほどき、正面からなつめを見据えた。

「私が医者となったきっかけは、前にも話した通り、死にかけていたのを有賀先生に救われ、お世話になったご縁によるものだ。有賀先生が医者であられたから、私はその背を追うことになった。それは言うなれば、そなたが江戸における種々の縁から菓子の修業を始め、職人になると決めたことと同じなのだろう。だが、そなたが聞きたいのは、その先、私がいかなる医者を志すと決めたのか、そういう話なのだな」

昔の兄はこんなに丁寧に言葉を尽くす人ではなかった、と思い返し、やはり兄はとても変わったのだと、なつめは思った。

「はい、おっしゃる通りです」

「うむ。ならば、話そう」

そう言い置き、慶一郎は実直な調子で語り始めた。

「私は有賀先生のお宅で意識を取り戻し、素性を打ち明けた。先生の温かいお言葉に触れ、先生を父上母上と思ってお仕えしようと思った話はしたな。先生のお手伝いをするようになったのは自然な流れだったのだが、といって初めから治療のお手伝いをしたわけではない。私がしていたのは先生の身の回りのお世話や、先生が煎《せん》じたお薬を患者さんのお宅へ届けたりといった雑用であった。先生も特に私に医術を学ぶよう、お勧めになることはなかった。そんなある時のことだ。先生のお宅に重病の患者さんが運び込まれた」

その患者は五十代の農夫で、腹に腫瘍《しゅよう》があり、他の医師からもう助からぬと言われたそうだ。物は喉を通らず、手足は木の枝ほどに痩せ細っていた。有賀医師も治すのは無理だと言い、運び込んだ身内も治らぬことは承知していた。そういう類の患者は家へ帰すのがふつうだが、有賀医師はそうしなかった。自身の家で世話をし、痛みに苦しむ患者が少しでも安らげるよう、治療法をあれこれ試し始めたのだという。

そこまで重症の患者を目にしたのは、慶一郎には初めてのことだった。

「私は苦痛に喘《あえ》ぐ人を見ているのがたまらなかった。先生は『つらければ外に出ていなさい』とおっしゃったのだが、逃げ出すようで申し訳なく、私はいいえと答えた。すると、先生は『ならば、あなたにできることをしなさい』とおっしゃる。私は戸惑い『ご指示いただければ何でもいたします』とお答えしたのだが、先生からはこう言われた。『できることを自分で見つけられないのは、あなたが何も見ていないからだ』と」

その言葉は針を突き刺されたように痛かった。病を完治させることだけを言うなら、今回に限っては有賀医師にもできないのだ。それでも、有賀医師は患者を見捨てなかった。それが患者自身やその身内にとって何を意味するか。また、傍らに寄り添って手を握り、足をさすることが、患者の励みだけでなく安らぎともなり得ることを、慶一郎はやっと理解した。そうして、二人で看護に当たったものの、

「物も食べられず、薬も飲めぬとあればただ衰弱するばかりだ。そのうち、水を口にすることさえ嫌がるようになってしまわれてな。唇の渇きを癒すため、水を含ませた布を口先に宛《あて》がうのが精いっぱいだった」

と言って、慶一郎は一度口を閉ざした。

「その患者さんはどうなられたのでございますか」

「病そのものは治らなかったが、その後持ち直されてな。本人の望みにより家へ帰り、その後は有賀先生が通いで診療なさった。三月《みつき》ほど生きられた後、あの病にしては安らかにお亡くなりになられた」

それは奇《く》しきことだと、慶一郎はそれまでより明るい声で告げた。

「ならば、食べたり飲んだりもできるようになられたのですね」

「そうなのだ」

慶一郎は力強くうなずいた。物を口に入れようとせぬ患者に、食事でも薬でもないと言い聞かせ、口を開けさせたところ、口の中はできものがいくつもあり、歯も汚れがこびりついていたという。これが物を食べられぬ一因ではないかと、すぐに口中の症状改善に取り組むことになったが、すぐに房楊枝《ふさようじ》を使えるような状態ではない。

「まずは、楊枝に綿を括《くく》り付けたものに水を含ませ、口の中を洗っていく。できものの症状が改善してからは、生薬の丁子《ちょうじ》を房楊枝の先につけて磨いた。これは消毒のみならず、香りによって気分をよくする効能もある」

その甲斐《かい》あって、患者の口の状態は改善し、やがて水が、重湯《おもゆ》が、粥が、ゆっくりとだが喉を通るようになっていったという。

「口を清らかに保つことが、体の健やかさにとって、いかに大切なことか、思い知った。

また、この時、患者さんの抱える問題に気づけたのは、患者さんに寄り添い、患者さんをしっかり見る有賀先生なればこそだ。私もかくありたいと心の底から思った」

三月の後、患者は自宅で身内に看取《みと》られ亡くなったが、付き添った有賀医師に対し、

「先生は薬師仏さまだ」と涙を浮かべて呟いたという。

「私はそれまでも先生を尊敬していたが、医術だけでなく、真心をもって人を助ける先生の後に続きたいとはっきり思ったのは、この時だ。そして、それこそが亡き母上が探せと言い残された私の償いの道であると思っている」

慶一郎は話を終え、静かに口を閉じた。

「並々でない経験をなさり、すばらしい道を選ばれたのでございますね」

時を経て、以前とは変わった兄のことを、なつめはしみじみ誇らしいと思った。

五

一月十五日、なつめと慶一郎は京を発つことを決めた。その三日前、なつめは一人で果林堂へ出向き、挨拶を済ませている。すると、翌日、長門と安吉、与一、政太が田鶴屋へ現れた。慶一郎への挨拶と、二人への餞別《せんべつ》を渡すためだという。

「旅の途中でどうぞ」

と、渡されたのは、長門たちが作った寒天菓子であった。

「旅の疲れを癒すのに、何よりです。大切にいただきます」

なつめは包みを受け取り、またの再会を期して、皆との別れを惜しんだ。

十五日は明け方に三条大橋を出発し、草津《くさつ》宿まで進む。泊まった旅籠は庭に池があり、夜になると、部屋の窓から、夜空の月と水面の月を観賞することができた。

兄妹水入らずで寛ぎながら、源順《みなもとのしたごう》の「最中の月」の歌は、こうした景色を見ながら作られたのだろうと語り合った。そうした会話をするのに、なつめが心を構えることはもうなくなっていたし、兄も例の患者の話をした時以来、同じ心持ちのようであった。

長門たちがくれた寒天菓子を食べながら、なつめは柚木宝山から聞いた神様の果物について語った。

「職人一人ひとりが追い求める菓子とは、奥が深いものなのだな」

感心したふうに、慶一郎は呟く。

「何十年と菓子を作り続けてようやく見出せるかどうか。それでも、私もいずれは、神様の果物をと思っております」

もっとも、その前に自ら進むべき菓子の道を見出さなければ、神様の果物などに行き着けるはずもない。そう呟いたなつめに、

「いかなる菓子職人になるか、思い定めたいと言っていたあの話だな」

と、慶一郎は手にした寒天菓子を何となく見つめながら言った。

「はい。兄上のように、私も確かな道を見出せればよいのですが」

「そなたの力になりたいとは思うが、門外漢ゆえ、これという力になれそうもない」

「兄上のお気持ちは嬉しく存じます」

慎ましく頭を下げるなつめに、少し考えるような表情をしていた慶一郎は、やがておもむろに口を開いた。

「この菓子は……寒天で作ったという話だったな。味もよく、食感も他の菓子にない新しさがあり、私にもすばらしいものだと分かる。しかし、そなたのあんじょう飴を舐めた時の癒された心地は格別だった」

「ありがとうございます。ですが、それはやはり、喉を痛めていた時だからこそ、余計にそうお感じになったのでしょう」

「そうだろうな。体が求めていたということだろう」

「体が……」

「どうかしたか」

「いえ、前にお話ししたしのぶさんからも、体がどうというお言葉を聞いたことがあって。例の草餅をお作りした時のことです。確か、七草を混ぜて捏ねた生地が、体にすうっと溶け込んでいく感じがすると——」

なつめの言葉に、慶一郎は大きくうなずいた。

「それも、体が求めていたということだろうな。お母上を懐かしむ心に体が寄り添ったという話になろうが……」

慶一郎の物言いに、今度はなつめが大いに納得してうなずき返す。

「体が求める時は、舌もそれをおいしいと感じるのは間違いない。人の体とはそういうふうにできているものだ」

「兄上の今のお言葉を聞いて思ったのですが、もしも私の手で、体が求めるお菓子を作れたら、どんなにすばらしいでしょう」

「私はもし人と菓子について話す機会があれば、この寒天菓子を誰にでもおいしいと勧めるだろう。だが、看者さんたちと体によい食べ物について話す時には、あんじょう飴を勧めるだろうと思う」

「さようで……ございますか」

なつめは思案げに言葉を返した。今、兄と交わしている言葉の中に、自分の求めるものがあるような気がしきりにする。しかし、それをうまく取り出して、言葉にすることはまだできなかった。何とももどかしいなつめの前で、慶一郎は言葉を継ぐ。

「風邪をひいて喉を痛めた人ばかりでなく、薬を嫌がる子供や、病人でなくとも体の弱い人、体を冷やしやすい人などに、ぜひとも勧めたい」

しみじみと言う慶一郎の言葉を聞いているうち、なつめはふと今の兄の暮らしぶりを見てみたいと感じた。思ってもみなかった心の動きように自分でも驚きつつ、兄に話してみると、

「街道をまっすぐ進むより、帰りが遅くなるが……」

と、気がかりそうな目を向けられた。急いで江戸へ帰らねばならぬ必要もなく、了然尼には駿河の宿場からまた書状を送ればよいと告げると、

「それならば、私に異存はない」

と、慶一郎は納得した。

「条次郎さんのお墓にお参りもしたいですし、富吉ちゃんにも故郷のお話をしてあげられますから」

なつめがさらに言うと、慶一郎は夜空の月に目をやり、「そうだな」と静かに呟いた。

沼津宿《ぬまづ》まで進んでから、東海道を逸れ、慶一郎が住まう下石田村《しもいしだ》へと向かった。町家の立ち並ぶ沼津宿と違って、落ち着いた静かな土地である。

「まずは、条次郎さんのお墓にお参りさせてください。もしよろしければ、兄上がお世話になった有賀先生のお墓にも」

村に入ったところで、なつめが言うと、慶一郎はすぐに承知した。その途上、村人たちに行き合うことが何度かあった。

「けいさま、お戻りでしたか」

「ご無事でようございました、けいさま」

誰もが親しみ深く声をかけてくる。中には、誰それの具合が治って助かっただの、また調子が悪いので診てもらいたいだの、告げる者もいた。なつめを慶一郎が余所《よそ》から連れて

きた嫁かと勘違いして、喜ぶ者などもおり、とにかく誰もが慶一郎をこの村の医者として受け容《い》れ、頼り、慕っているということが分かる。

墓地の入り口へ差しかかると、周囲に人もいなくなったので、

「兄上は『けいさま』と呼ばれているのですね。そういえば、富吉ちゃんも兄上のことをそう呼んでいました」

と、なつめは兄に話しかけた。

「皆、私が元武士ゆえ、敬ってくれるのだ。養子にしていただいた有賀先生も名字帯刀を許されていたのでな」

「身分のことは、もちろん皆さんもわきまえているでしょうが、それだけではないと思います」

なつめは兄の顔をじっと見つめて告げる。慶一郎は足を止めた。

「有賀先生のお仕事を引き継がれた今の兄上に、敬意と感謝をこめて呼んでいるのでしょう。皆さんのお顔を見れば、それが分かります」

慶一郎はわずかに目を瞠ると、

「ありがたいことだと思う」

と、小さな声で言った。

それから、再び慶一郎は歩を進め、師匠である有賀医師の墓と、その近くの粂次郎の墓石へなつめを案内した。それぞれの墓に手を合わせてから、

「兄上、これはもしや橘の木ではありませんか」

と、有賀医師の傍らに植わっている木を指して訊いた。深い色の緑葉はこの春生えてきたものではなく、常緑の樹木だと思われる。生憎、花も実もない季節であったが、見覚えがあった。

「その通りだ」

慶一郎は有賀医師の望みに従い、ここに橘の木を植えたのだという。なぜ橘かといえば、

「医の神とされる少彦名命《すくなひこなのみこと》に縁《ゆかり》の木だからな」

ということであった。

少彦名命は大国主命《おおくにぬしのみこと》の国造りを手伝うが、その途中で常世の国へ去ってしまう。その常世の国に生えているのが非時香菓《ときじくのかくのこのみ》――今では橘と考えられている木であり、菓子の神として祀られる田道間守命がこの国へもたらしたとされる木でもあった。

（そんなつながりが……）

少彦名命が医の神であることも、常世の国へ去る話も聞いたことはあったが、橘の木とのつながりは思ったことがなかった。

だが、慶一郎の選んだ医の道を司《つかさど》る少彦名命と、なつめ自身の選んだ菓子の道を司る田道間守命が、橘でつながっていると思えば、この木が自分たち兄妹を結び合わせてくれたような気さえしてくる。

「橘は果実と皮を生薬として用いることもできる。先生のご遺志で育てたこの木の恵みは、

ありがたく薬として使わせてもらっているのだ」

「兄上」

なつめは橘の木をじっと見つめながら、兄に語りかけた。

「私、神様の果物について、果林堂でお聞きした話をお伝えいたしましたよね」

「ああ、聞いたが」

それがどうかしたのかと、慶一郎はやや不安そうな声色で応じた。

「どうして、その時、有賀先生のお墓に植えられた橘の木のことや、少彦名命のお話をしてくださらなかったのですか」

「いや、もちろん有賀先生のお墓に生えている橘の木のことは思い浮かんだが、わざわざ言うようなことでもないと思い……」

「わざわざ言うようなことですとも」

「え……」

「言ってくださらなければ、分からないではありませんか」

なつめは橘の木から兄に顔を向けて言った。わざと怒った声を出すつもりが、口にした途端、涙が込み上げてきた。

「なつめ」

慌てて橘の木へ顔を戻したが、兄はなつめの涙にしばし絶句していた。

「――すまぬ」

「謝ることではありません。ちょっと、兄上を困らせようとしただけなのですから」

生真面目な兄はもう何も言わなかった。なつめは橘の葉に手を伸ばした。

「神様の果物……」

呟く声は震えてしまった。

「こんなところに、あったのですね。兄上のおそばに――」

もちろん、これは柚木宝山の言っていた神様の果物ではない。だが、これはなつめにとって、神様からの賜《たまわ》りものに他ならなかった。

この木を今ここで、自らの心に植えていこう。いずれは枝に花を咲かせ、結実させてみせる。

それが私の神様の果物だと、なつめは思いを胸にそっと抱き締めた。

六

――職人は誰しもこの「神様の果物」を目指して、懸命に菓子作りに取り組まなあかんのや。

――お嬢さまの道を行けばええのどす。

今回の旅で縁を得た先達たちの言葉がよみがえる。そこについ先日聞いた兄の言葉が重ねられていく。

――体が求める時は、舌もそれをおいしいと感じるのは間違いない。人の体とはそういうふうにできているものだ。

そういう菓子を作りたい。

おまさに元気になってもらいたい一心から、久兵衛が作り上げた〈養生なつめ〉。

元々は、しのぶの母が好き嫌いをする娘の成長を願って作った〈しのぶ草〉。

そして、了然尼に健やかになってもらいたいと願いをこめて、なつめが作った〈あんじょう飴〉。

どれも、身近で大切な誰かのため、その健やかさを願って作られた菓子だ。

自分はそういう菓子を、大勢の人のために作りたい。人の健やかさを守る菓子を作りたい。

前へと進む一本の道が確かに見える。

人の体が求める養生のための菓子、体に優しくありがたい菓子。

そういう菓子を作り、ただ売るだけでなく、食べる人の顔が見られる、そんな店を出すことができたなら――。

なつめと慶一郎は、下石田村の家に三日留まることになった。というのも、慶一郎が戻ったと知るや、診てもらいたいという人々が現れたからだ。

風邪や喘息《ぜんそく》、腰の痛みに疳《かん》の虫まで、さまざまな治療を求めて人々はやって来た。出立

が遅れることを慶一郎はすまぬと言ったが、

「了然尼さまにはお便りを出しましたし、大丈夫でございます。それより、兄上が皆さんのお役に立つことが、私も嬉しいのです」

と、なつめは晴れやかな笑顔を見せた。

なつめ自身も村人たちに、けいさまの妹として受け容れられた。富吉と仲良しだったという子供たちとも顔見知りになり、今、富吉が江戸の菓子屋で元気に暮らしていることを話してやったりしながら、日を過ごした。そんな中、

「けいさまの妹さまだったとは……。初めてお目にかかった時は、ようやく嫁取りをする気になられたかと、はあ、勘違いしてしもうて」

慶一郎の患者の一人らしい老人から、なつめは謝られてしまった。

「いいえ、お気になさらず」

なつめが言うと、老人ははあっと重い溜息《ためいき》を吐《つ》く。

「実は、けいさまご自身から伺っとるんですがね。何でも、深く想いを寄せた人がいたが、その人とはご縁がなかった。けれど、新たに縁を結ぶ気は今後一切ないと、潔うおっしゃっておられたんですわ」

「兄上がそうおっしゃったなら、それは本心なのだろうと思います」

「そうなんでしょうなあ。まあ、有賀先生もけいさまをご養子になさったことですし、けいさまも同じ道をたどられるんですかのう」

老人は自分を納得させるように言いながら去っていった。

慶一郎とはずいぶんと心を通わせられるようになったが、それでも慶信尼の今の暮らしのことは話していない。兄と再会したばかりの時は、二人がたまたまでも顔を合わせるようなことになったら、と焦ったりもしたが、今の兄と慶信尼にとって、そんなふうに思うこと自体が失礼だろう。

片や医者として人に尽くすことを己の償いの道と心得、片や俗世を捨てた尼として仏道に精進している。

そして慶信尼は、いずれなつめが店を持つ時にはその援助をしたい、と申し出てくれてもいた。

(今の私は、慶信尼さまのお志をありがたくお受けしたいと思っている)

自分の菓子の道を歩いていくため、養生菓子を作る菓子屋を持ちたいとはっきり思う。慶信尼の志でその願いを叶えさせてもらうのなら、やはり兄はそのことを知っておくべきではないか。

慶信尼の今の暮らしぶりを知らせるかどうかは、兄の心に任せることとし、なつめは下石田村の家に泊まった二日目の晩、兄に自分の抱いた大望を語った。

「なるほど、養生のための菓子を作るということか」

兄は薬研《やげん》を扱いながら、なつめの話を聞き、大きくうなずいた。

「それは、医者の私としては何より嬉しい。患者さんにとってありがたい菓子を作ってくれるのだからな」

しかし、店を持つとなると、なかなか容易《たやす》い話ではないのだろうと、慶一郎は薬研を動かす手を止めて問う。

「はい。菓子屋で何年も修業をし、暖簾《のれん》分けをしていただくというのがよくある形だと思います。けれども、それは立派なお店を持つ人のお話で、私はもっとお客さまの顔が見える、小さくとも気軽に立ち寄れる、そんなお店がいいと思っています」

できれば、その場で菓子を食べていってもらえるような店がいいと言うと、「それは茶屋のようなものか」と慶一郎は首をかしげた。

東海道を往復する道中、そういう茶屋は幾度も目にしたし、立ち寄ったこともあった。

「街道の茶屋は、旅に疲れた人を癒すことを目的としていますものね。ちょっとしたお団子やお餅を出しているお店もありますし、とても近いと思います。あのお菓子を養生菓子にすれば……」

と、明るい声で語ったものの、自分は街道筋に店を持つことはできないのだと、なつめは声を少し落として呟いた。

「私が店を持つのなら、やはり了然尼さまがお暮らしの上落合の近くでなければ……」

「うむ。了然尼さまはそなたにとって母君も同じだろうからな。しかし、上落合の辺りは甲州街道に近いのではなかったか。青梅《おうめ》街道と分かれる追分《おいわけ》の辺りは、内藤《ないとう》さまのご領地ゆえ内藤宿と呼ばれている。正式な宿場にはなっていないが、人も多いはずだ」

兄の言葉に、いったん萎《しぼ》みかけた望みが膨らんでいく。

「上落合に戻ったら、さっそくその辺りに足を運んでみます」

「それがよい。甲州街道は私も使わないゆえ不案内なのだが、日本橋の次が高井戸《たかいど》で、その間が長すぎて不便だと耳にしたことがある。それゆえ、青梅街道との追分が宿場のようになっているのだろう」

なつめの表情が明るくなったのを見越して、慶一郎は再び薬研を扱い始めた。

「養生の菓子とは、やはり先日の草餅やあんじょう飴から思い至ったものなのか」

「はい。それに照月堂の旦那さんの作った養生なつめというお菓子もあるんです」

なつめは晴れやかな口ぶりで、養生なつめが生まれた時のことについて語った。

「それに、橘の木を有賀先生のご墓所で見たことが、大きな後押しになりました。あの橘の木は私の道しるべだったのだと思っております」

「そうか。今、私が使っているのは橘の果実から作った橘皮《きっぴ》なのだ」

慶一郎は薬研を動かしたまま、一度なつめに目を向けて言った。

「道理で、よい香りがすると思いました」

「うむ。木の枝に付いている時は香りも格別だが、干して生薬にしたものでも、まだ香りは残っているからな。橘皮は咳や痰《たん》を鎮めたり、胃を強くするのに使ったりする」

橘皮は陳皮《ちんぴ》ともいい、橙《だいだい》や蜜柑《みかん》の皮を使うこともあるが、効能は同じという。

「下手な医者は陳皮と甘草《かんぞう》をよく処方すると言われるのだ」

と、慶一郎はどことなく楽しげな口ぶりで続けた。

「まあ、それはどういう意味ですか」

「それを処方しておけば大体治るということだな」

もちろんそれではいけないのだが、と言って慶一郎は笑った。なつめもつられて笑いながら「それだけ体によいということなのですね」と言うと、「何せ不老不死の実なのだからな」と慶一郎は返す。その後、笑いを収めた慶一郎は真面目な顔つきになって、

「しかし、何年か先の話としても、店を持つとなれば、相応の金も入用だろう」

と、言い出した。薬研を動かす手もいつしか止まっている。

「何とかしてやりたいと思うのだが……」

慶一郎はわずかにうつむいた。今、兄が暮らしている家は養父の有賀医師から受け継いだものだそうだが、家の中の調度は必要最小限のものしかないし、清貧な暮らしぶりであることは見れば分かる。また、ここ一両日で知る限り、兄は貧しい患者たちから薬代をほとんど受け取っていない。

「そのことならば、奇特な申し出をしてくださる方がおり、いろいろと考えた末、そのお話を受けようと思っております」

了然尼さまもご承知のことで、とまで言った後、なつめは心を決めて一気に告げる。

「申し出てくださったのは、尼君でいらっしゃいます。かつて京にお住まいで、兄上のこともよくご存じでおられました」

慶一郎は驚きで時がしばし止まったように固まっていた。ややあってから、

「そうか……」

と、絞り出すような声を出し、うつむき加減になる。

「その方のご法名、今のお暮らしぶりを、私はお伝えすることができますが、いかがいたしましょうか」

「いや、それはいい」

慶一郎は顔を上げると、なつめをしっかりと見つめ返して、静かに告げた。

「今のそなたの言葉で、息災でおられることが分かった。私にはそれで十分だ」

慶一郎の言葉に、なつめは無言でうなずき返した。

「そなたの店のことをもっと聞かせてくれ。養生菓子を出す茶屋のようなものを考えればいいのだろうか」

兄の顔に戻ると、慶一郎はなつめに尋ねた。

「はい。でも、お持ち帰りになれる菓子も置きたいんです。あんじょう飴のようなものをいくらか並べられたらと」

「それはよいな。先ほど聞いた養生なつめや、例の草餅なども出すのだろう?」

「はい。いずれも季節のものですから、他の季節に出せるものも考えないと。もちろん、養生なつめは照月堂の旦那さんのお許しなくしては出せませんが」

「棗や七草は生薬としても使う。ならば、この橘皮も使ってみてはどうであろう」

「はい。ぜひにもと思っておりました」

皮の生地に橘皮を混ぜた饅頭《まんじゅう》を作ってみようか。あるいは、餡《あん》に煉《ね》り込んで使えるのなら、饅頭ばかりでなく、さまざまな菓子が生み出せるだろう。あんじょう飴の生姜の代わりに、橘皮を使ってもいい。なつめが思いつくまま口にすると、

「よくもまあ、次から次へ」

と、慶一郎が感心した様子で言う。

「菓子職人なら誰でも考えることでございます」

澄まして言うなつめに、慶一郎は少し微笑みながら、「今さらの問いかけだが」とおもむろに切り出した。

「そなたはどんな菓子が好きなのだ」

なつめは少し考えた末、にっこりした。

「すべて好きと言いたいところですが、やはり最中の月に馴染んだせいか、餅菓子がいちばんでございます。あのもちっとした柔らかな舌触りが好ましくて」

「そうか。私も同じだ」

慶一郎は嬉しそうに言い、「ならば、そなたの店には体によい餅菓子を出さねばな」と続ける。そこでなつめは、お菓子に使えそうな生薬として思いつくものはないかと、改めて兄に尋ねた。「ふむ」と慶一郎は考え込む。

「血の病や冷えによく効く当帰《とうき》の根は、大棗《たいそう》と同じく女人によく処方されるものだ。当帰

の葉は生薬としては使わぬものの、よい香りがし、気を落ち着かせてくれる。京の宿で話した丁子も炎症を抑え、口の中をさわやかに保ってくれる生薬だ。秋の七草の女郎花《おみなえし》の根は敗醤根《はいしょうこん》という生薬だが、これは癖のある臭いがあって……」

「兄上、兄上」

なつめは朗らかに笑い出した。

「兄上とて、よくもまあ、次から次へ生薬の名を挙げられるではありませんか」

「これは、医者や薬売りなら当たり前のことで……」

と言いかけた慶一郎は、はたと口を止め、「そういうことか」と笑った。

「父上と母上がここにおられたら、私たちはよく似ているとお笑いになるのではないでしょうか」

なつめがふと、しみじみした声で呟くと、慶一郎は「……そうだろうか」と控えめな口調になる。

「そうですとも」

朗らかな笑顔のまま言うなつめを見て、慶一郎はまぶしそうに目を細めた。

「兄上も耳をお澄ませください。父上と母上のお声がきっと聞こえるはずです」

そう告げて、なつめはそっと瞼を伏せた。

――なつめよ、己に恥じぬ生き方をいたせ。

――わたくしたちはいつもなつめを見守っていますよ。

篤実な父と優しい母の声が聞こえてくる。

江戸へ到着したら、了然尼さまにまず、自分がこうと決めた道についてお知らせしよう。もちろん、師匠である久兵衛をはじめとする照月堂の人々にも。

そして、大休庵の慶信尼さまには、かつて申し出てくださった志をお受けしたい旨を伝え、心からの感謝を申し上げたい。

それから、長く待たせてしまったしのぶにも、きちんと会って伝えよう。私は進むべき道を見出した、と――。

自分の店に、いらっしゃいませと縁ある人々を迎える日のことを思うと、期待で胸が高鳴った。

何も見えなかった暗闇の中、遠くにかすかだが明るい光が射し込んでいる。その光はなつめの足もとからまっすぐ続く道を、ほのかに照らし出している。その先へと、さらに目を凝らしてみれば、常緑の葉を揺らす美しい木に、輝くばかりの実が生《な》っていることだろう。

〈神様の果物〉と呼ばれる日を待ち焦がれつつ――。

あとがき

江戸菓子舗照月堂のシリーズが本作をもって終わりを迎えました。当初、これほど長い物語になると想定していなかったこのシリーズが、ここまで続けてこられたのは、支えてくださった関係者の皆様と手に取ってくださった読者の皆様のお蔭《かげ》です。深く感謝申し上げます。

和菓子といえば、もっぱら食べることにしか関心のなかった私が、その作り手の世界を描こうと思ったのは、身近な和菓子にまつわる誕生の物語に興味を持ったのがきっかけでした。

たとえば、豊臣秀吉が名付け親になったとされる〈うぐいす餅《もち》〉。徳川家康が名付け親になったとされる〈安倍川《あべかわ》餅〉。

どちらも、初めて知った時には、こんな有名人が……と意外な気がしたものでした。誕生秘話に歴史上の有名人が登場する場合は、その名付け親ということが多いんですね。和菓子そのものではありませんが、その材料の寒天の誕生には、隠元《いんげん》上人も登場します。

しかし、私が最も興味を惹《ひ》かれた和菓子の逸話といえば、何といっても〈もなか〉！ もなかの成り立ちについては、本作でもいろいろ書かせていただきましたが、とにかく菓子の形状といい、名前といい、長い歴史を持つお菓子なのです。

個人的には、もなかよりも、餡《あん》を餅で包んだ大福や桜餅などが好きだったのですが、成り立ちを知って以来、もなかを意識するようになりました。そして、ある時、皮種のおいしさに気づいたのです。皮種を別包装にしているもなかは、食べるのに手間はかかりますが、絶品です。

水の面に照る月なみをかぞふれば　今宵ぞ秋の最中なりける

もなかの名はこの歌から生まれたそうですが、照月堂という菓子屋の名前もここから採りました。この名を思いついた時は、いかにも菓子屋さんにふさわしい名前だと思ったものです。

しかし、名付けで苦労したのが架空の菓銘。特に四苦八苦したのが、干菓子の〈雪ひとひら〉でした。これと決まるまでに、浮かんでは淡雪のごとく消えていったいくつもの名前が……。

それはともかく、当時、思いついた先から検索にかけたのですが、現実に存在する商品と合致したりするのを見て、これは使えないかとがっかりしつつも、一方では面白いなと思いました。商品と書いたのは、決して和菓子とは限らず、もちろん洋菓子ということもありましたし、化粧品などということもあったからです。何にせよ、名付けは大変難しい。

　そうしてみると、長い歳月生き残ってきたもなかやうぐいす餅、安倍川餅などの菓子は、言葉にも菓子そのものにも、それだけの力があったのだと改めて感じさせられます。

　さて、主人公のなつめですが、この度、自分の進む道を見定め、店を構える場所の候補も挙がりました。すでになつめが持つ菓子屋の名前は考えついたのですが、それを書くところまでは至らず……。なつめ以外の菓子職人を目指す人々も、照月堂の子供たちも含めてまだまだおりますし、いずれその後を書くことができたならと願ってやみません。

　最後になりますが、この場をお借りし、本シリーズの出版に際しまして大変お世話になりました角川春樹社長、書籍編集部の原知子部長、廣瀬暁子氏、遊子堂の小畑祐三郎氏、また一冊ごとに溜息《ためいき》の出るような美しい装画――特に本作では、橘の果汁が寒天の中に滴り落ちる幻の幻影菓子を描いてくださった卯月みゆき氏、装画と物語を引き立てる装幀《そうてい》を手掛けてくださったアルビレオの西村真紀子氏に、心より篤《あつ》く御礼申し上げます。

令和三年初夏

篠　綾子

引用和歌

◆世の中を憂しと恥しと思へども　飛び立ちかねつ鳥にしあらねば（山上憶良『万葉集』）
◆かくばかり恋ひむとかねて知らませば　妹をば見ずそあるべくありける（中臣宅守『万葉集』）
◆天地の底ひの裏に我がごとく　君に恋ふらむ人はさねあらじ（狭野弟上娘子『万葉集』）
◆ちはやぶる神代も聞かず竜田川　唐紅に水くくるとは（在原業平『古今和歌集』）
◆花の色はうつりにけりないたづらに我が身世にふるながめせしまに（小野小町『古今和歌集』）
◆水の面に照る月なみをかぞふれば　今宵ぞ秋の最中なりける（源順『拾遺和歌集』）

参考文献

◆金子倉吉監修　石崎利内著『新和菓子体系』上・下巻（製菓実験社）
◆藪光生著『和菓子噺』（キクロス出版）
◆藪光生著『和菓子』（角川ソフィア文庫）
◆清真知子著『やさしく作れる本格和菓子』（世界文化社）
◆宇佐美桂子・高根幸子著『はじめてつくる和菓子のいろは』（世界文化社）
◆『別冊太陽　和菓子歳時記』（平凡社）

本書は、ハルキ文庫のために書き下ろされた作品です。

時代小説文庫
し 11-14

神《かみ》様《さま》の果物《くだもの》 江戸菓子舗《えどかしほ》 照月堂《しょうげつどう》

著者 篠《しの》 綾《あや》子《こ》

2021年7月18日第一刷発行

発行者 角川春樹

発行所 株式会社 角川春樹事務所
〒102-0074 東京都千代田区九段南2-1-30 イタリア文化会館

電話 03(3263)5247[編集] 03(3263)5881[営業]

印刷・製本 中央精版印刷株式会社

フォーマット・デザイン＆シンボルマーク 芦澤泰偉

ISBN978-4-7584-4422-4 C0193

http://www.kadokawaharuki.co.jp/[営業]
fanmail@kadokawaharuki.co.jp[編集] ご意見・ご感想をお寄せください。